ぼくの色、見つけた！

志津栄子 作
末山りん 絵

講談社

ぼくの色、見つけた！

もくじ

1 ララをさがしに

幼《おさな》いころ、リビングの本だなには、おとぎ話の本がたくさんあった。ねる前に母さんが何冊《なんさつ》か読み聞かせをしてくれる。ぼくはその時間が待ち遠しくて、どの本を読んでもらおうかと選《えら》ぶのも楽しかった。最後《さいご》に読む本だけはいつも決まっていて、『ララをさがしに』という手作りの絵本だった。

母さんはメーテルリンクの『青い鳥』をもとにしてその本を描《か》いたらしい。チルチルとミチルが「幸せの青い鳥」をさがし歩いた末《すえ》に、見つけられずに帰ったら、青い鳥は家にいたという話だ。おとぎ話の中には何かをさがして旅をする話がよくある。母さんの絵本は「幸せの青い鳥」じゃなくて「ララ」をさがす話だ。

この本に描かれているララというのは、かけがえのない大切なものという意味だろうか。いや、そこまで大げさなものじゃなくて、もう少し軽いものかもしれない。登場人物たちが、わくわくと心をおどらせるもの、夢中《むちゅう》になっていることをララとよんでいるようだった。

1　ララをさがしに

絵本の主人公はレイラという女の子だ。ママから世界にはララというすてきなものがあると聞いて、あこがれをいだいた。

「人にはララが必要《ひつよう》なの。もちろん、ララがなくても生きていけるけど、見つけたら人生が百倍くらいかがやくのよ」

ママの言葉に、ララがどんなものだか知りたくなって、さがしに行くことにした。

旅先で最初《さいしょ》に出会ったのはダンスの練習をしている女の子だ。

「ララって知ってる？」

レイラが声をかけると、

「ええ。私《わたし》のララはダンスよ。だっておどるのが大好《だいす》きなんだもの」

女の子は軽快《けいかい》なステップをふみながら、とびっきりの笑顔《えがお》を見せた。その子にとって、ララはおどること。楽しくてたまらないらしい。

しばらく行くと、地図を広げている登山家がいた。

「ぼくのララは高い山に挑戦《ちょうせん》することだよ。初《はじ》めて見る景色《けしき》に胸《むね》がおどるんだ」

登山家にとって、ララは挑戦すること。

ページをめくるたびに、一人ひとりのララが描《か》かれていた。

レイラがどんどん歩いていくと、新しいぼうしをかぶったおばあさんとすれちがった。

「今から恋人《こいびと》に会いに行くの。長いこと離《はな》れ離《ばな》れになっていた人に、やっとめぐり会えたのよ」

おばあさんにとって、ララは愛《あい》する人といっしょに過《す》ごすこと。

劇場《げきじょう》のとびらを開けると、手品師《てじなし》がいた。まだ修業中《しゅぎょうちゅう》の手品師は、ほんの数分間だけステージに立つ。

「私《わたし》のマジックを見て、お客さんが、おお！　って、喜《よろこ》んでくれたらうれしいな」

手品師にとって、ララはお客さんの拍手《はくしゅ》をあびること。

海辺《うみべ》に着くと、トランペット吹《ふ》きの青年がいた。

「ぼくにしかできない情熱的《じょうねつてき》な音楽を奏《かな》でたいんだ」

トランペット吹きにとって、ララは演奏《えんそう》すること。

それぞれにララに夢中《むちゅう》になる人たちと出会って、レイラはうらやましい気持ちになった。

あたしも自分のララをさがしたい。

そしたらきっと、自分らしく生きることができるんだわ。

旅を続《つづ》けていると、図書館のかたすみでパソコンに向かって何かを書いている人に出会った。

「あなたのララはなぁに？」

レイラがおそるおそるたずねてみると、

「わからないよ」

ふり向いたのはふきげんそうなおじいさんだった。

「ララが見つからないから、おれは小説《しょうせつ》を書いているんだ」

ぶっきらぼうな言い方に、レイラはこわくなって、足がすくんでしまう。

ママはどうしているのかな。帰ってみようかしら。

急にママが恋《こい》しくてたまらなくなってしまった。

まだ自分のララを見つけていなかったから、心残《こころのこ》りだったし、さみしい気持ちだったけれど、レイラは来た道をもどった。

家に近づくと、げんかんに立ってレイラを待っているママが見えた。

「ママのララはレイラよ。あなたのことが世界中で一番大切なの」

レイラがママにだきしめられて、物語は終わる。


読み聞かせのあと、ハグされるのがお決まりだった。

「母さんのララは信《しん》ちゃんよ」

言われて、ぼくはねむりにつく。母さんのハグ。幼《おさな》いころはうれしかったのに、大きくなるにつれ、ぼくははずかしさを感じるようになった。だから、ねる前の絵本は卒業《そつぎょう》ということになった。

「絵本にかこつけて、信太朗《しんたろう》のことをぎゅってしたかったんだよな」

父さんに言われて、

「あー、バレてたか」

母さんは残念《ざんねん》そうに笑《わら》っていた。

ぼくをハグするために、母さんはこの絵本を作ったわけじゃないよな。

この物語のラストにぼくはもやもやした。「ママのララはレイラよ」というところで話が終わってしまうからだ。それじゃあレイラはなんのために旅に出たんだろう。旅の途中《とちゅう》で家に帰ってしまったから、まだ自分のララを見つけていないじゃないか。

ママじゃなくて、レイラが何を見つけたのか知りたかったのに。

物語には続《つづ》きがあるんじゃないか。こたえは描《か》かれていなかったから、ぼくにはララという言葉だけが残《のこ》って、はぐらかされたような気持ちだった。

母さんからこの絵本を作った理由を聞いたのは、ぼくが五年生のときだった。ララをさがし歩くのは楽しい。でも、もうどこにも行かなくていい。幸せなお母さんとしてここで生きていこう。そんな決意表明みたいなものを描きたかったのだという。

2

どれが〝赤い〟トマトなんだ？

始まりは、ミニトマトだった。

保育園《ほいくえん》の年長組のとき、母さんのベランダ菜園《さいえん》に、ぼくはミニトマトの苗《なえ》を植えた。プランターに覚《おぼ》えたてのひらがなで「いのうえしんたろう」と書いたらうれしくなって、自分で育てるんだとはりきった。だから毎朝忘《わす》れずに水をやって、ミニトマトが大きくなるのを楽しみにしていた。

そのうち、先のとがった星みたいな形の花が咲《さ》き、小さな実ができた。その実はふっくらと大きくなっていった。

「信《しん》ちゃん、そろそろ食べようか。赤くなったのを採《と》りましょう」

母さんに言われて、ぼくはとまどった。

えっ、どれを採ればいいの？

今まで何度もミニトマトを食べたことがあるから味は知っている。ただ、それは母さんがぼくのお皿にのせてくれたものだった。自分で収穫《しゅうかく》するのは初《はじ》めてだ。ベランダのミニトマトはたくさん実をつけていて、大きいのも小さいのもある。スーパーで売っているくらいの大きさになっているのは二十個《こ》ほどだ。これを全部採《と》ってもいいんだろうか。

「母さん、早くこっちに来て」

ぼくがキッチンにいる母さんに向かって言うと、母さんは笑《わら》い、エプロンで手をふきながらやってきた。

「信ちゃんったら、大事に育てたから採るのがおしいのね。でもね、せっかくだからおいしく食べましょうよ」

「そうじゃないよ。どれを採ればいいの？」

母さんは、ぼくの横に腰《こし》を下ろすと、

「ほら、これ。これなんかいいんじゃない」

ミニトマトを一つちぎって、ぼくの手のひらにのせた。

これが〝赤くなった〟トマトか……。

他のとどうちがうんだろう。プランターのトマトは、どれも日向《ひなた》の草みたいなにおいがして、ほとんど同じに見えた。ぼくは〝赤くなった〟トマトを覚《おぼ》えようと、においをかいだり、指先でつまんでみたりした。母さんがいいと言った実は、どこかプニプニした手ざわりのよう

な気がしないでもなかった。

「トマトはね、最初《さいしょ》はみどり色だけど、だんだん赤くなるのよ」

「ふうん。不思議《ふしぎ》だね」

知らなかった。トマトって色が変《か》わるんだ。ぼくはますます混乱《こんらん》した。どれも似《に》た色に見える。それでも明るさは少しちがうみたいだ。

明日もまた、母さんに採《と》ってと言われたらこまるなぁと思った。

その日の母さんは長い髪《かみ》を下ろしていて、ときどき、ふわっといいにおいがした。ぼくがちらりと見ると、母さんの横顔はやさしかったけれど、となりにすわって、ぼくがトマトを選《えら》ぶのをしんぼう強く待っているみたいだ。

ぼくは一生懸命《いっしょうけんめい》に考えた。いろいろ考えた。大きさや手ざわり、におい。まだ食べられそうにない小さな実や、つまんでみてかたいのだけはさけて、最後《さいご》は当てずっぽうで八個《こ》採った。

ぼくがちぎったトマトを受け取ると、

「まだちょっとだけ早いのもあるみたいだけど、それも食べてみよっか」

母さんは言って、ぼくの採ったトマトを全部食卓《しょくたく》にのせてくれた。サラダの上に、くるりとならべられたトマト。

「おっ、信太朗《しんたろう》のトマトか。ケーキみたいできれいだな」

父さんが一つつまんで、ぱくっと口に放りこんだ。

「採《と》れたて新鮮《しんせん》！　うまいなぁ」

父さんはにまっと笑《わら》った。

つられて、ぼくも一つ食べてみた。口に入れると、プチッと皮がやぶれて、すっぱいようなにがいような味がした。えっ、なんで！　思っていたのとちがう味だった。母さんがスーパーで買ってくるトマトはもっとあまいのに。思わず母さんのほうを見ると、何も言わなかったけれど、「ほらね」という顔をしていた。


二年生の夏のことだった。

八月に入って、夏休みも半分が過《す》ぎ、毎日うだるような暑さが続《つづ》いていた。

ぼくは学校のプールから帰ったばかりのだるい体のまま、母さんと二人で和美《かずみ》おばちゃんの家に行った。

和美おばちゃんは母さんの二歳《さい》年上の姉で、結婚《けっこん》して近所の家で暮《く》らしている。ころころとよく笑う人で、まさにお姉ちゃんという感じの人だった。洋服の好《この》みも似《に》ていたし、二人とも、ふだんは髪《かみ》をおだんごに結《むす》んでいたから、よその人からも仲《なか》のいい姉妹《しまい》に見えるらしい。

今日もバーゲンで買ったというおそろいのT《ティー》シャツを着ていた。

ぼくのお目当てはおばちゃんが飼《か》っているシベリアンハスキーのサブだ。どこかオオカミを連想《れんそう》させるすがたをしていて、クールって感じがする。

サブはふだん、リードをつけていなかった。家のまわりにぐるりとかこいがしてあって、庭じゅうどこでも自由に動き回っている。それだけかしこいということだったし、しつけもバッチリできていて、お客さんが来ても必要以上《ひつよういじょう》にじゃれつくことはなかった。

ぼくが近づくと、サブはねっころがってお腹《なか》を見せてきた。

「あら、信ちゃんに心をゆるしているのね」

おばちゃんに言われてうれしくなった。胸《むね》のあたりのモフモフの毛をなでると、サブはさらにぼくにすり寄《よ》ってきた。

「ねぇ、和美おばちゃん。夕方、散歩《さんぽ》に行くんでしょ。ぼくもいっしょに行っていい？」

「もちろん」

「やった！」

いつか、うちも犬を飼えたらいいのになと、ぼくはうらやましく思っていた。そんなぼくの気持ちを察《さっ》してか、母さんはときどき、すまなそうに言う。

「うちはアパートだから犬は無理《むり》ね」

言わないでよ。わかってるんだから。

「いいじゃない。いつでもここに来て、サブと遊んでちょうだい。信ちゃんの弟分なのよ」

「弟分？」

「ええ。サブは信ちゃんのこと、お兄ちゃんだと思っているわよ」

おばちゃんの言葉に元気が出てきた。

弟かぁ。サブが特別《とくべつ》にかわいいのはそういうことなんだ。

「マイホームもいいけど、雅美《まさみ》んちはアパートで三人、仲良《なかよ》く暮《く》らしているじゃない。そういうのが幸せなのよ」

おばちゃんちの庭にはバーベキューガーデンがある。おじさんが日曜大工で作ったウッドデッキに大きなパラソルが立ててあった。今日は三人でバーベキューをすることになっていて、おばちゃんはもうグリルや炭の準備《じゅんび》をして、ぼくたちを待っていてくれた。

「さて、夏休みスペシャルといきましょ」

おばちゃんが大きなトレイを運んできた。肉や野菜《やさい》がどっさりとのっている。

「わっ、和美姉ちゃん、ありがとう。昼間っから焼《や》き肉《にく》って最高《さいこう》よね。こんなぜいたくをしていいのかしら」

母さんが言うと、

「いいのよ。これくらい」

おばちゃんがこたえて、二人は楽しそうにおしゃべりしていた。

うちはアパートだから、たまにホットプレートを出して焼き肉《やにく》をすることはあっても、炭火で豪快《ごうかい》に肉を焼いて食べるなんてことはできない。

「えんりょしないで、自分で取ってね」

おばちゃんは肉を鉄板にのせ、ぼくにはしを渡《わた》してくれた。右手ではしを持ち、左手でタレの入ったお皿を持って、ぼくは食べる気まんまんだった。

「さあ、じゃんじゃん食べてね」

おばちゃんに言われて、さっそく肉を一枚《まい》はさもうとすると、

「あっ、待って！　生焼け！」

おばちゃんに止められた。

「それ、まだ早いよ。信ちゃん、生焼けなんて食べたらお腹《なか》こわすよ」

おどろいて、ぼくが手を引っこめると、

「いつも料理《りょうり》は私《わたし》がこの子のお皿にのせてあげているから、慣《な》れていないだけなのよ」

とりつくろうように母さんが言った。

「じゃあ、教えてあげなきゃ。いい？　信ちゃん、見てちょうだい。肉の色が変《か》わったら食べられるからね。赤いのはまだ早いよ」

おばちゃんが鉄板の上の肉をトングでひっくり返しながら、説明《せつめい》してくれた。

ぼくはすっかりテンパってしまった。

肉も焼《や》けると色が変《か》わるのか？　母さんもおばちゃんも、どんどん食べている。なぜだ？

なんで二人には簡単《かんたん》にできるのに、ぼくにはできないんだ？

そんなことを考えていると、せっかくのバーベキューなのに、楽しくなくなってきた。

「ほらほら、こげちゃうよ」

ぼくの目の前の肉を母さんがはしではさんで、ぼくのお皿にのせてくれた。

もういいや。母さんが焼いてくれるんだから。

いつの間にか、ぼくは自分で肉を焼くことをあきらめていた。

肉を食べ終わったころ、おばちゃんは冷蔵庫《れいぞうこ》からアイスクリームを出してくれた。

「お取《と》り寄《よ》せの高級アイスよ」

何を思ったのか、カップを三つならべると、下半分をかくして、おばちゃんは聞いた。

「ふたの色を見てね。オレンジはマンゴー、赤はイチゴ、みどりは抹茶《まっちゃ》。どれがいい？」

「それじゃ絵が見えないし、文字も読めないよ」

ぼくが言うと、

「私《わたし》はオレンジ、マンゴーがいい」

母さんが先に好《す》きなのを取った。妹の気楽さから、母さんはえんりょしない。

あっ、それ、ぼくもマンゴーだと思った。ちょっと色がうすかったんだ。どうしようか。あとの二つはほとんど同じ色だぞ。

「いいな、マンゴー。抹茶《まっちゃ》はぼく苦手だよ。にがくておとなの味だもん。イチゴがほしい」

こたえを教えてくれないかなと期待して、おばちゃんの顔を見たけれど、

「さて、どっちでしょう」

おばちゃんはぼくに決めさせたいみたいだ。

「こっち！」

ぼくが指さして、おばちゃんが手をどけると、しぶいお茶の絵が描《か》いてあって、がっかりした。ぼくが選《えら》んだのは〝みどり〟のほうだったらしい。

「えーっ、まちがえちゃったよ」

そんなぼくを見て、二人は顔を見合わせた。

「しょうがないわね。換《か》えてあげるわ」

おばちゃんはもう一つのカップをぼくに渡《わた》してくれた。

「わぁい、ありがとう」

「抹茶はおとなの味だもんね」

た。

「うん。いただきます」

イチゴアイスを食べるぼくの横で、二人は「でしょ」とか「やっぱりだ」とか言い合ってい

数日後、おばちゃんのすすめもあって、ぼくは母さんに眼科《がんか》に連《つ》れていかれた。

「信ちゃんの目、一度検査《けんさ》してみよっか」

「なんの検査？」

「うーん、色の検査かな」

「すぐに終わる？　痛《いた》くない？」

「大丈夫《だいじょうぶ》よ」

病院《びょういん》の待合室には患者《かんじゃ》さんがびっしりすわっていて、ぼくは順番《じゅんばん》を待つだけでも、あきあきした。自分ではどこも悪くないと思っていたから、よけいに待つ時間が長く感じられた。前にも一度ここに来たことがあったけれど、そのときは結膜炎《けつまくえん》で、目がはれるし、かゆくて目ヤニは出るしで、たいへんだった。でも別室《べっしつ》で診察《しんさつ》してくれたから、すぐに帰ることができた。

「もう一時間以上《いじょう》待たされてるよ」

ぼくがたえられなくなって、母さんに言うと、母さんはつらそうな顔をして、ぼくの頭をな

でた。

やっと名前がよばれて、診察室《しんさつしつ》に入っていくと、やさしそうな女の先生の前にすわった。母さんは、見え方がどうだとか、色がどうだとか言って、ぼくの目のことを説明《せつめい》した。

そのあと、ぼくだけ残《のこ》されて、母さんは診察室から出ていった。

最初《さいしょ》に、カラーメイトテストといって、色がならんだカードを見て仲間《なかま》をこたえるという検《けん》査《さ》をした。次に、細かいまるがいっぱいついた絵本を見せられて数字をさがしたり、色の濃淡《のうたん》を順番《じゅんばん》にならべたりした。色覚検査《しきかくけんさ》というものらしい。さらに、顕微鏡《けんびきょう》のようなものをのぞきこんで、色合わせもした。

それから部屋を暗くして、機械《きかい》をのぞくと、先生がぼくの目の中に病気がないか調べた。痛《いた》いこともこわいこともされなかったから、ぼくはほっとした。それだけでもう帰れると思ったのに、母さんがよばれていっしょに説明してもらった。母さんはいろいろ質問《しつもん》するから長い時間がかかった。

ぼくは生まれつき、みんなと同じようには色が見えていないらしい。さっきの色合わせの検査で、赤系《あかけい》の色を識別《しきべつ》する細胞《さいぼう》が欠《か》けている一型《がた》二色覚《しきかく》タイプの色覚障《しきかくしょう》がいだとわかった。

一口に色覚障がいといっても、見え方は人によってちがう。ぼくには区別《くべつ》がつきにくい色があるようだ。アイスを選《えら》ぶとき、イチゴと抹茶《まっちゃ》のカップがほとんど同じ色に見えたのも納得《なっとく》できる。熟《じゅく》したミニトマトを見つけられなかったのも、焼《や》き肉《にく》が焼けているかわからなかったのも、色覚障《しきかくしょう》がいのせいだった。

「治療《ちりょう》の必要《ひつよう》はありません」

先生に言われて、ぼくのとなりで母さんはなみだぐんでしまった。

「治《なお》らないってことですよね？　……かわいそうな信ちゃん」

「見た目にはわからないけど、けっこういらっしゃるんです。個性《こせい》だととらえていただいたらいいと思いますよ。何もかわいそうだなんて思う必要はありません」

眼科《がんか》の先生が何を話しても、母さんはぼくがかわいそうでたまらない様子だった。

帰り道で、母さんはぼくの手をつないで放さなかった。

次の日の朝、母さんはテーブルに料理《りょうり》を置《お》いた。

「これは何？」

聞かれて、ぼくは面食《めんく》らった。

えっ、なんでそんなことを聞くんだ？

アスパラガスとウインナーだろ。ぼくの目で見たってわかるよ。こんなのがわからないはずがないじゃないか。あきれちゃうよ。まったく。

ぼくがだまっていると、

「おい、信太朗を試《ため》すようなこと、やめたほうがいいよ」

父さんがやんわりと言った。昨夜《ゆうべ》は帰りがおそかったから、父さんの顔を見ないでねてしまった。眼科《がんか》に行ったことは母さんから聞いていたんだろう。

「うん。いいよ。そんなの」

ぼくはフォークでお皿の中のものを一つつきさした。プチッと皮がはじけたのが伝《つた》わってきた。

「ほら、ウインナー」

むしゃむしゃと食べた。

「次はこれ」

二つ目はサクッとフォークにささった。

「アスパラガス？」

ぼくが聞くと、

「合ってるわ」

母さんがこたえた。すると、父さんが、

「うまいか、信太朗」

と聞いてきた。

「うん」

「だろ。それでいいさ。食事はおいしく食べよう」

父さんの言葉に、母さんもうなずいていた。

食べながら、母さんはどんなふうにこたえてほしかったのかなと考えた。そういうのがくせみたいになっていた。

だいたい、この先、アスパラガスやウインナーなんかで、こまることがあるんだろうか。母さんがわざわざこんな料理《りょうり》を作ってぼくを試《ため》したんだと思うと、ぼくはいやな気持ちになった。

「前からへんだとは思っていたのよ。でもねぇ……」

母さんはまだぼくの色覚障《しきかくしょう》がいを受け入れがたいようだった。また何か聞かれるのかと、ぼくは身構《みがま》えた。

「もういいじゃないか。原因《げんいん》がわかったんだから。くよくよしたって仕方がないさ」

父さんが明るく言った。

そのとおりだ。思い当たることはいくつもある。ぼくはそのとき、今まで日常《にちじょう》の中で不思議《ふしぎ》に思っていたことのつじつまが合って、つながっていくように感じていた。眼科《がんか》に行って検査《けんさ》をしたことで、ぼくなりに納得《なっとく》できたんだと思う。

色覚障《しきかくしょう》がい。その言葉を知ってから、いや、母さんのなみだを見てから、ぼくは後ろめたさのようなものを感じていた。診察室《しんさつしつ》で見た母さんの様子が、ぼくの心から離《はな》れなかった。ぼくのせいで母さんが悲しい思いをしている。

かわいそうな信ちゃんだなんて言われるのはいやだなぁ。母さんがこれからもぼくのことを心配し続《つづ》けるのかと思うと、目のことより、母さんのことのほうがなやましいよ。

ぼくは平気だよ。不自由《ふじゆう》なんかじゃない。

そう伝《つた》えたいのにうまく伝えられない。

3

母さん、もういいってば！

もうすぐ二学期が始まる。母さんは夏休みのうちに学校に知らせておいたほうがいいと言って、担任《たんにん》の先生にぼくの目のことを話しに行った。

ぼくは和美《かずみ》おばちゃんちで、サブと遊びながら母さんを待つことになった。

「茂明《しげあき》さんはなんて言ってるの？」

出かけようとする母さんに向かって、和美おばちゃんが聞いた。

「私《わたし》ほど心配してないみたい」

母さんがこたえると、おばちゃんは、母さんが父さんの反応《はんのう》を心もとなく思っているとわかったようだ。

「じゃあ、いいじゃない。あんまり大げさにしないほうが」

「それはそうなんだけど」

「でしょ。報告《ほうこく》だけしてくれれば、学校だっていろんな子がいるんだから、信《しん》ちゃんのこと、ちゃんと見てくれるわよ」

「わかった。じゃあ行ってきます」

「はいはい」

母さんが出かけたあと、庭でフライングディスクを投げていると、おばちゃんが飲み物を持ってきてくれた。

「サブにもお水を飲ませてくれる？」

たのまれて、ぼくはサブを水飲み場にさそった。

「おいで！」

蛇口《じゃぐち》をひねって、深皿に水をくもうとすると、サブは待ちきれない様子で頭を近づけてくる。ガブガブと水を飲むサブもかわいい。

バーベキューガーデンのベンチにこしかけて、おばちゃんはぼくにジンジャエールのボトルを手渡《てわた》した。

「わっ、またおとなの味だ」

「苦手？」

「大丈夫《だいじょうぶ》」

キャップをねじると、シュパッと炭酸《たんさん》が飛《と》んだ。グビッと一口飲むと、すうっと冷《つめ》たくていい気持ちになった。

「おとなの味も悪くないでしょ」

「うん。おいしい」

「この前、ごめんね。信ちゃんに意地悪なことしちゃって」

「えっ？」

「アイスのことよ」

「いいよ、気にしてないよ。ぼくがはずしちゃったのに、おばちゃんはぼくにイチゴのアイスをくれたじゃないか。抹茶《まっちゃ》が苦手ってぼくが言ったから」

「あれでね、雅美《まさみ》も納得《なっとく》して、信ちゃんを眼科《がんか》に連《つ》れていく決心がついたみたいだから」

「なぁんだ。そういうことだったのか」

「ええ、ぐずぐずなやんでいたのよね。自分のことはさっさと決めるくせに、信ちゃんのこととなると。あきれちゃうわ」

おばちゃんは、肩《かた》をすくめた。

「雅美は信ちゃんが生まれる前、美術系《びじゅつけい》の大学に通って油絵を描《か》いていたのよ」

「うん。聞いたことがあるよ」

「今は画材店《がざいてん》に勤《つと》めているでしょ。色のことにはこだわりがあるのよ。子どものころからね。

だから信ちゃんが色覚障《しきかくしょう》がいだとわかって、すっごく気にしているみたいね。母親だったらだれでも子どものことを心配するのが当たり前なんでしょうけど、雅美は特別《とくべつ》だわ」

「そうそう。心配ばっかりされるから、それがいやなんだよね」

「そうよね。きりがないわよ。雅美は心配しすぎよね。茂明さんまでいっしょになっておろおろしてるわけじゃないんでしょ？」

「うん。父さんはくよくよしても仕方ないって言ってた。原因《げんいん》がわかってよかったって」

「そう。信ちゃんは雅美の顔色を気にすることないのよ。雅美にはそれとなく言っておくから任《まか》せて。私《わたし》、お姉さんだもの」

たのもしいと思った。母さんはおばちゃんになんでも話して相談している。おばちゃんは母さんとずっといっしょに育ってきたんだから、母さんのことを一番よくわかっている人だ。ぼくの味方にもなってくれるし、母さんとぼくがこまっているときは、公平な目で見て助けてくれる人だった。おばちゃんがぼくの気持ちをわかってくれるなら、心強い。

二人でサブの散歩《さんぽ》をしてもどってくると、母さんがぼくをむかえに来た。

「信ちゃーん、お待たせ」

庭に入ってくるなり、母さんは大きな声でぼくをよんだ。小さいころみたいにだきついてこられたらいやだなと、用心しながら、サブといっしょに出むかえた。

「お帰り」

サブとならんで、芝生《しばふ》の上にちょこんとすわっていると、

「あら、仲良《なかよ》しねぇ」

母さんは両手で、ぼくとサブの頭をなでた。

「あー、この人って、信ちゃんだけが生きがいなのよね」

ぼくの後ろから和美おばちゃんが声をかけると、母さんは否定《ひてい》しなかった。

「そうよ。信ちゃんの母ひとすじで生きてくって決めてるの」

「またそんなこと言ってる。私《わたし》は子どもがいないから実感としてはわからないけど、そんなことばっかり言ってると、息子《むすこ》にきらわれちゃうかもよ。あなただけが世界のすべてだなんて時代おくれもいいとこだわ」

「えぇーっ、そんなぁ。本当に世界のすべてなんだからいいでしょ。見捨《みす》てないでよ、信ちゃん！」

母さんは本気で言っているから手におえない。ぼくがさらりとかわして母さんの車に乗ると、和美おばちゃんが苦笑《にがわら》いしながら見送ってくれた。

和美おばちゃんの言うとおりだ。「世界のすべて」ってどういう意味か知らないけれど、ぼくが母さんの世界のすべてだと言うんなら、母さんの世界は小さすぎると思った。

二学期が始まってすぐのことだった。先生から、二学期の目標《もくひょう》を書く紙が配られた。上半分に自分の似顔絵《にがおえ》、下半分にがんばりたいことを書くようにワクが印刷《いんさつ》してあった。字をていねいに書くとか、進んで手を挙《あ》げて発表するとか、忘《わす》れ物《もの》をしないとか、今までもぼくは、あたりさわりのないことを目標にしてきた。

「自分の顔ってクレヨンと色鉛筆《いろえんぴつ》、どっちで描《か》けばいいですか？」

だれかが聞いて、色鉛筆で描くことになった。ぼくたちが学校で使っているのは木でかこまれてなくて、全体が芯《しん》でできている色鉛筆だ。

あっ、しまった。

その色鉛筆の箱を机《つくえ》から出したとき、ぼくは箱を落としてしまった。バラバラと床《ゆか》に散《ち》らばった色鉛筆をあわてて拾って箱にもどした。クレヨンは巻紙《まきがみ》に色の名前が書いてあるけれど、その色鉛筆には番号が記されているだけで、色名とは結《むす》びつかなかった。だからいつも色の名前がついた定位置《ていいち》に入れておくように気をつけていた。一本取りだしたら、もとの位置にもどしてから次のを使う。それがマイルールだった。

「これで合ってる？」

となりの席《せき》の子に確《たし》かめた。

「いいと思うけど」

その子は自分の絵に夢中《むちゅう》になっていたから、ぼくのほうを横目でちょっと見ただけだった。

ぼくはすっかり自信《じしん》を失《な》くしてしまった。目標《もくひょう》なんてどうでもよかったけれど、色ぬりは絶対《ぜったい》にまちがえちゃいけないんだ。ついこの間、眼科《がんか》に行ってきたばかりだったから、こんなところで失敗《しっぱい》したくなかった。ぼくは大丈夫《だいじょうぶ》だと証明《しょうめい》したい気持ちだった。

描《か》き終《お》わると、先生が教室の後ろに掲示《けいじ》した。

「あれ、あれれ。おまえ、チョコレートを食べたのかぁ」

ぼくの絵を見て、最初《さいしょ》に笑《わら》ったのは足立友行《あだちともゆき》だ。

「本当だ」

「口にチョコレートがついてるよ」

何人かの子が、指をさした。

口にチョコレートがついているって？

ぼくは自分の描いた似顔絵《にがおえ》をまじまじと見た。

これ、口の色じゃなかったのか。チョコレートの色だったんだ。

口の色をチョコの色とまちがえてぬっちゃうなんて！

ぼくははずかしくてたまらなくなって、その紙をつかんだ。

ビリッ！

紙はやぶれ、画鋲《がびょう》が床《ゆか》に転がった。

「ふんじゃダメよ」

先生があわてて画鋲を拾っている。

色をまちがえたこともくやしかったし、大きな声で言いだした友行のことは、絶対《ぜったい》に許《ゆる》せないと思った。

いったい、色に名前をつけたのはだれだろう。くちびるはどうして〝赤〟なんだろう。

そんなことさえ腹立《はらだ》たしく思えた。

休み時間になって、みんなが外に遊びに行くと、先生に声をかけられた。

「信太朗《しんたろう》くん、もう一度描《か》いてくださいな」

新しい用紙を渡《わた》された。

先生は笑顔《えがお》だったけれど、ぼくの気持ちをわかってくれるとは思えなかった。だから、ぼくは意地を張《は》って描かなかった。二学期の目標《もくひょう》なんかなくてもいいと思っていた。

「くちびるが赤でも茶でも、そんなに変《か》わらないと思ったの。ピンクやオレンジにぬっている子もいるのよ。さすがにみどり色だったら直してから掲示《けいじ》したんだけど……」

色の名前をぽんぽんと出されて、ぼくは混乱《こんらん》した。くちびるの色を先生が勝手に決めつけて言っているだけじゃないか。あとからそんなことを言うくらいなら、どの色がよくてどの色がダメなのか、ぬる前に教えてほしかった。

それに、〝赤〟でも〝茶〟でもいいなら笑《わら》うことないじゃないか。

先生はどうして友行をしからないんだ！

ムカムカした気持ちのやり場がなくなって、ぼくの中でふくらんでいった。

ぼくの目のことは母さんから聞いて知っていたはずなのに、先生の言うことは言いわけみたいに聞こえた。母さんはいったいどんなふうに先生に話したんだろう。夏休みにわざわざ学校に来て、先生に何をたのんだっていうんだろう。

「こまったことがあったら、だまっていないで教えてね」

そう言われても、何がどうこまるとか、先生にどうしてほしいとか、そのときのぼくにはわからなかった。むっつりと口を閉《と》じてやり過《す》ごすしかないんだ。

参観日《さんかんび》に来た母さんが、ぼくの目標《もくひょう》が掲示《けいじ》されてないことに気づいたんだと思う。先生から事情《じじょう》を聞いた母さんは、色鉛筆《いろえんぴつ》の箱をわざわざ持ち帰ってきた。

その夜、母さんは名前シールを書き直していた。「しんたろう」の横に、サインペンで色の名前を書き、それを一つひとつ、色鉛筆に貼《は》りつけている。

「もっと早くこうしておけばよかったわね。気がつくのがおそくなって、ごめんね」

ひとりごとみたいに母さんは言った。

もう、なんでそんなことで母さんが謝《あやま》るんだよ。

ありがとうって、助かるよって、母さんに言ってあげたほうがいいよな。

わかっていたけれど、言いたくなくて、ぼくは知らんぷりをしてさっさとねてしまった。


朝、ランドセルの中に、色鉛筆《いろえんぴつ》の箱が入っていた。母さんが色の名前シールを貼《は》って、ここに入れたんだ。ぼくは箱を開けて確《たし》かめる気にもなれなくて、そのままランドセルのふたを閉《し》めた。

「おはよう」

父さんが起きてきた。

「元気ないな。どうした？」

ぼくの顔を見てそんなふうに聞いてくれたから、母さんがサンルームへ洗濯物《せんたくもの》を干《ほ》しに行くのを待って、色鉛筆のことを父さんに話した。

「うちには小人のくつ屋がいるらしいな」

「へっ？」

その本は何度も読んだことがある。心のやさしいくつ屋のおじいさんのために、夜中に小人が現《あらわ》れて、こっそりくつを作ってくれる話だ。

ぼくがくつ屋のおじいさんだってこと？　なんだよ、それ。

「ねている間に仕事をしてくれる」

「うん、そうだけど」

「まさに母さんの愛情《あいじょう》たっぷりってことさ」

父さんがおとぎ話にたとえるのは、だまって受け入れろって意味だとぼくは思っている。前にも、家族旅行の行き先を決めるのに、母さんの希望《きぼう》を優先《ゆうせん》させて、「ぼくらは桃太郎《ももたろう》の家来だぁ」なんて言っていた。

父さんはときどき、わざと子どもっぽくふるまったり、母さんのきげんをとったりすることがある。何か母さんに引け目を感じるようなことがあるんだろうか。

「わかってるよ。けど、やりすぎっていうか、なにもこんなシールまで貼《は》らなくていいよ。ねぇ、父さん……」

「わかってるさ」

父さんがコーヒーをいれている。

「なぁに？　『わかってる』って？」

母さんがサンルームからもどってきて、途中《とちゅう》からぼくたちの話に加《くわ》わろうとしたけれど、父さんはそれにはこたえなかった。

「今日は午後出勤《しゅっきん》なんだ」

父さんは近くの工場で働《はたら》いている。

「あら、じゃあ、もう一回お洗濯《せんたく》したいの。洗濯機《せんたくき》を回しておくから、干《ほ》すのお願《ねが》いね。私《わたし》ももう出るから」

「はいはい。お安いご用だよ」

二人が話しているのを聞きながら、ぼくは母さんがランドセルに入れた色鉛筆《いろえんぴつ》の箱を背負《せお》って、学校に行くことになった。

教室に着いて、箱のふたを開けると、昨夜《ゆうべ》の母さんの様子が心にうかんだ。そんなことしなくていいって、言えばよかったのに、母さんの顔を見ていたら言えなかった。

色の名前を書いておけば、ぼくはもうまちがえないと、母さんは思っているのかな。そういうことじゃないのに、どう言えば伝《つた》わるんだろう。色鉛筆を使うたびにいちいち母さんを思いだすなんてごめんだよ。愛情《あいじょう》たっぷりって父さんは言ったけれど、きっちりと箱の中に詰《つ》められた色鉛筆を見ていると、きゅうくつで、息がつまりそうになる。

確《たし》かに色の名前が書かれていたら便利《べんり》かもしれない。でもぼくはうれしくなかった。こんなの貼《は》ってる子なんていない。他の子とちがうっていうのがいやなんだ。

友行がこれを見たら、また何か言ってくるかもしれない。おまえ、色の名前も知らないのかなんて言われたら、ぼくはブチギレる。友行とけんかしたら、先生にわけを聞かれるだろう。でも、先生にわかってもらえるように話すのはむずかしそうだし。

シールを貼《は》っていても、いなくても、ぼくはこまるんだ。うだうだと考《かんが》え続《つづ》けた。

そのとき、ぼくには一つだけはっきりとわかったことがある。学校のことは学校でなんとかするしかない。母さんに助けてもらうことはできないんだ。

ペリッ。ぼくは母さんの貼ったシールの端《はし》に親指のツメを立てた。シールの角がツメの間に入ってちくっとした。

ほんの一瞬《いっしゅん》だけまよった。

ペリペリペリ……。ためらいながら、ぺろりとはがす。そのあとはたやすかった。一気に全部はがすと、ぎゅうっと手の中で丸めて、ごみ箱に捨《す》てた。

母さん、ごめん。

小さなトゲのようなものが、ぼくの胸《むね》に残《のこ》った。

それからのぼくは学校で色覚障《しきかくしょう》がいのことを人に知られないように気をつけて生活した。まわりの様子をうかがっていれば、たいていのことはなんとかなった。不自由《ふじゆう》なことはいくつかあったけれど、四六時中くよくよしているわけじゃなかった。

三年生になると、図工の時間に絵の具を使うようになった。鉛筆《えんぴつ》でスケッチをするのは好《す》きだったけれど、色をぬるのには苦労《くろう》した。クレヨンや色鉛筆のように単色《たんしょく》ではなくて、絵の具は色を混《ま》ぜて使うものだ。ぼくはこの「色を混ぜる」ということが苦手だった。

仕方がないから、絵の具のチューブに書かれた色の名前を確《たし》かめながら、水を多めに入れたうすい色でぬるようにした。あとから先生に聞いて、まちがっていなかったら、その上に色を重ねていく。とにかくまちがえないことが最優先《さいゆうせん》だったから、絵を描《か》くことはちっとも楽しくなんかなかった。図工の時間のぼくはびくびくして、劣等感《れっとうかん》のかたまりみたいだった。

四年生のとき、色ペンが流行《はや》った。調べ学習のとき、一人の子のノートを先生がほめたからだ。

「おっ、いいですね。色を変《か》えて書いたり、大事なところをかこんだりしているから、見やすいです。みなさんも工夫《くふう》してみてください」

そのせいで、みんなはノートを飾《かざ》ることに一生懸命《いっしょうけんめい》になり、それが競争《きょうそう》みたいにエスカレートしていった。いつの間にかクラスじゅうの子が、筆箱がぱつんぱつんになるくらい、色ペンを持ってきて、調べ学習に使うようになった。

ぼくだって少しくらい色ペンを使えばよかったのかもしれない。でも、そんな流行《はや》りに乗るのがいやだったから、ノートを飾《かざ》ろうとはしなかった。ぼくはふつうの鉛筆《えんぴつ》だけで書いていたから、いくらていねいに書いても、先生の目に留《と》まることはなかったし、それでいいやと思っていた。

ぼくの心はかたくなになっていたようだ。

その先生は黒板に書くとき、「赤い字は大事なところだ」と言うことがあった。でもそれはぼんやりとしていて、見えにくかった。休み時間にそばに行って見ようとしたこともあったけれど、だんだんめんどくさくなって、どうでもよくなってしまった。

他の子の見え方なんて知らない。ぼくは生まれたときからこういうふうに見えているんだから。声に出して言うほどでもないけれど、不自由《ふじゆう》に感じること。そんなことを、ぼくはがまんして、なんとかやり過《す》ごしてきた。

たまに疲《つか》れて学校に行きたくない朝もあった。でも、熱《ねつ》でも出さないかぎり、休ませてはもらえなかった。もどかしい思いをかかえたまま、ぼくはだまって学校に通った。

4 今日から五年生

眼科《がんか》に行った夏から三年近くたった。

今日から五年生だ。

学校に着くと、校門のサクラが満開《まんかい》だった。晴れているのかくもっているのか、うすぐもりの空を見ていると少しゆううつになる。木の下を通ると、風が吹《ふ》くたび、頭の上から花びらが降《ふ》ってくる。見上げると、空と花の境界線《きょうかいせん》がぼやけて見えた。

児童《じどう》げんかんに近づくと、いやな予感がした。

やっぱりだ。いやな予感は的中《てきちゅう》した。クラス分け名簿《めいぼ》の中に、足立友行《あだちともゆき》の名前を見つけてしまった。この二年間はクラスが分かれて平和だったのに、ぼくはまた、笑《わら》われてはずかしかったことや、あのざわざわした気持ちを思いだしてしまった。

新しいクラスは五年一組。担任《たんにん》は平林和也《ひらばやしかずや》先生だ。教師《きょうし》三年目の若《わか》い先生で、にこっと笑うと、目が細くなって、なくなってしまいそうだ。

自己紹介《じこしょうかい》が始まると、いきなり友行のやんちゃキャラがさくれつした。二年生のころとちっとも変《か》わっていないようだ。

「おれは将来《しょうらい》、ビッグになる男だ！」

そう言って、えらそうにうでを組んでポーズをとると、みんなはおもしろがって拍手《はくしゅ》をした。

「おおっ、楽しみだね」

平林先生が言うと、友行は、ふんぞり返った。

「おれが社長になったら、学校にドカーンと寄付《きふ》するぞ。授業《じゅぎょう》はオール、リモートだ！」

「えーっ、つまんないよ。体育や給食《きゅうしょく》はどうなるの」

奥田直樹《おくだなおき》が大きな声でつっこみを入れた。スポーツ刈《が》りの野球大好《だいす》き少年だ。

「わかったよ。じゃあ、この学校を建《た》て直《なお》してピカピカにしてやるよ。給食はホテルのビュッフェにしてやるぞ！」

教室中がどっと笑《わら》いにつつまれると、友行は得意《とくい》そうに鼻の頭をこすりながら席《せき》にもどった。

五年生は四クラスある。自己紹介といっても、今まで四年間、同じ学年で過《す》ごしてきたから、おたがいに顔と名前くらいは知っている。だから、こういう機会《きかい》に少しくらいはユニークな自己《じこ》アピールをしたいなぁと思って、春休みから考えてきたことがある。自分のことは特技《とくぎ》も何もないから、話してもおもしろくないけれど、じいちゃんの話ならいくらでもできるし、じまんもできる。

ぼくのじいちゃんは会社勤《かいしゃづと》めをやめてから、野菜《やさい》や果物《くだもの》を作って生計を立てていた。それだけじゃなくて、広い薬草畑をもっていて、必要《ひつよう》な薬草を畑で育てている。薬草といってもいろいろあって、葉ばかりではなく、根なんかも役に立つらしい。木の実や皮を使うこともある。よくかんそうさせ、陶製《とうせい》のすりばちに入れて、すりつぶして飲む薬もあったし、やかんでことこと煮出《にだ》して、お茶みたいに飲むものもあった。その薬を人にたのまれるとおしげもなく分けてあげていた。

じいちゃんといっしょに畑の世話をするのは楽しかったし、薬草のことをあれこれ教えてもらうのもうれしかった。ぼくがカゼをひいたときも、ケガをしたときも、じいちゃんの薬でピタリと治《なお》ったんだ。

「次は井上信太朗《いのうえしんたろう》くんですね」

先生に指名されて、みんなの前に立つと、ぼくは自信《じしん》をもって話をした。

「井上信太朗です。ぼくのじいちゃんは薬草博士《やくそうはかせ》です。植物には体のためになるいいものがたくさんあって、すっごくおもしろいです。薬草の力を借《か》りると、元気になって、病気になりにくいし、いろんなことができるようになります。ぼくはまだ修業中《しゅぎょうちゅう》ですが、知識《ちしき》があるので、聞きたいことがある人はなんでも聞いてください」

するると、

「それなら、髪《かみ》の毛《け》がふさふさ生えてくる薬草はないでしょうか」

平林先生が真顔で聞いたのだ。

はっ、なんで先生がそんなことを気にするんだ？

「ぼくの父なんですけどね、髪がうすいんですよ。しかも二十代のころから、だんだんうすくなってきたって言うんです。いずれぼくもそうなるかもしれないし、今のうちに何か対策《たいさく》をしておいたらいいのかなって」

ぼくは返事にこまって、

「じいちゃんに聞いておきます」

と、小さな声で言った。

「ぼく、まだ二十五歳《さい》なんですよ」

平林先生は本気で言っているみたいだ。

「大丈夫《だいじょうぶ》。きっとあると思います」

ぼくははげましの気持ちをこめて精《せい》いっぱい言った。

「よかった。ありがとう。たのみますよ」

先生は子どもみたいに笑《わら》っている。初対面《しょたいめん》ではずかしげもなく、そんなことを話す人に初《はじ》めて出会った。

「私《わたし》は頭がよくなる薬草がほしいかな」

丸っこいメガネをかけた永谷《ながたに》さつきが言った。

「だって算数が苦手なんだもん」

えーっ、そんなのあるかなぁ。

「数字を見ると頭が痛《いた》くなっちゃう」

「うーん、頭痛《ずつう》が治《なお》る薬なら聞いたことあるけど、算数かぁ」

なやんでいるぼくになんかおかまいなしで、

「はーい。私には足が速くなる薬草をお願《ねが》いね」

上山浩美《かみやまひろみ》が手を挙《あ》げた。ツインテールがピンッとはねて元気印《げんきじるし》だ。毎年運動会のリレーではアンカーを任《まか》されている。それなのにもっと速く走りたいと思っているなんて、よっぽど負けずぎらいなんだ。

「わかった。じいちゃんに聞いとくね」

ぼくはこたえた。

「じゃあさ、体が丈夫《じょうぶ》になる薬草もあるかな？　弟がよく熱《ねつ》を出すんだ」

野村郁人《のむらいくと》が聞いてきた。弟思いのやさしい子だとみんなから言われている。

「うん。それならあるよ。あると思う」

このままだと、みんなが次々といろんなたのみごとを言いだしそうで、ぼくはあせった。ぼくがなんでも聞いてくださいと言ったのは、いつでもどうぞという意味で、今、この場でみんなから質問《しつもん》されるとは思っていなかった。

無理《むり》だよ。じいちゃんは魔法使《まほうつか》いじゃないんだから。

友行が立ち上がって、少しキレ気味に言った。

「そんな都合のいい薬があるわけないよ。おもしろがって勝手なことばっかり言うもんじゃないよ。なんでもかんでも願《ねが》いごとがかなうんだったら苦労《くろう》しないさ」

細い目をピキッとつり上げている。

友行がそんなふうに言ったから、ぼくの自己紹介《じこしょうかい》は終わった。助かった。でも、そんなにむきになることないのに、何かあるのかなと思った。

「いやいや、ぼくのせいですね。すみません。信太朗くん、もしあればということで」

先生が言って、ぼくは自分の席《せき》にもどった。じいちゃんの薬草のことをみんなに話せたから、ぼくは満足《まんぞく》だ。

そのあとも、一人の子が何か言うたびに、だれかが質問《しつもん》したり、話を広げたりするものだから、あっという間に学活の時間は終わりに近づいた。

先生がコホンと小さくせきばらいをした。

「最後《さいご》にぼくのささやかな野望《やぼう》をお話ししますね」

野望？　あまり聞いたことのない言葉だった。

「いや、そんな大それたことじゃないんです。ぼくには無理《むり》かもしれないけど、できるようになったらいいなと思うことがあって」

みんなが注目すると、先生は予想外のことを言いだした。

「一輪車《いちりんしゃ》に乗れるようになりたいんです」

「えぇーっ、乗れないんだ」

直樹が大きな声で言った。

「おとなのくせに？」

「おとなだから乗れないんです。子どものころに練習しておけばよかったのに、いつかやろうと思っているうちにおとなになってしまったんですよ。今さら練習するのははずかしいけど、どうせ乗れないやと思っていたら、乗れないまま終わってしまいます。学校に来て、子どもたちが一輪車に乗っているのを見るたび、あーあ、ぼくはダメなやつだって思うんですよね。今年こそ、本気を出しますよ。みなさんは乗れますか？」

「乗れるよ」

大勢《おおぜい》の子が手を挙《あ》げた。ぼくは途中《とちゅう》であきらめてそれっきりになっていた。見回すと、乗れない子はけっこういて、クラスの半数くらいだった。これなら乗れなくても追いつめられることもないだろうとぼくは軽く受け止めた。

「お昼休みになるべく毎日練習しますから、手伝《てつだ》ってくださいね。まだ乗れない人はいっしょにがんばりませんか」

一輪車《いちりんしゃ》かぁ。

そのときぼくはまだ、練習しようとは思わなかった。

お便《たよ》りや新しい教科書をもらって、今日はおしまい。帰ろうとすると、くつ箱のところで友行に話しかけられた。

「なぁ、信太朗、じいちゃんっていっしょの家に住んでいるのか」

「なんだよ、いきなり。ぼくのじいちゃんに用があるの？」

「う、うん。ちょっとな、聞きたいことがあるんだ」

友行はぼくのそばに寄《よ》ると、自己紹介《じこしょうかい》のときの勢《いきお》いはなく、小さな声で言った。

「薬草のことなんだけど」

どうやら、さっき自己紹介《じこしょうかい》でぼくが言った薬草に興味《きょうみ》があるらしい。そんな都合のいい薬があるわけないなんて、みんなの前ではいばってたくせに、なんだよと思った。

「いっしょには住んでないよ」

そっけなくこたえると、

「どこにいるんだよ？」

友行は食いついてくる。

「カササギ山のふもと」

「あっ、一年生のころ遠足で行ったとこだよな」

友行の顔がぱっとかがやいた。

「なぁ、今度行くとき、おれも連《つ》れてってくれないか。たのむよ」

あれ、友行ってこんなにフレンドリーなやつだったっけ？

友行とは二年生のとき、同じクラスだったけれど、それほど仲《なか》がよかったわけでもない。大《おお》勢《ぜい》でドッジボールや鬼《おに》ごっこをして遊ぶときにいっしょにいたぐらいで、わざわざ声をかけたり、さそい合ったりした覚《おぼ》えはない。もちろん、おたがいの家を行き来することなんか一度もなかった。この様子では「あのこと」なんかすっかり忘《わす》れているんだろう。だからのんきにじいちゃんのことを聞いてくるんだ。今さら言っても仕方ないけれど、ぼくがひどく傷《きず》ついたのはまちがいないんだ。そのあと母さんまで巻《ま》きこんで傷口が広がったんだから。

「うーん、いつ行くかわからないよ」

ぼくがいやがっているのに気づかないのかな。

「いつでもいいからさ」

「うん、まぁ、そのうちにな」

ぼくがあいまいに返事をすると、

「よっしゃ。たのんだからな」

友行はうれしそうに、念《ねん》をおした。

相変《あいか》わらず、みんなの前で大きな口をたたく友行。いっしょにいたらろくなことがないんだ。また同じクラスになるなんて不幸《ふこう》でしかない。なるべくかかわらないように用心しよう。仲良《なかよ》くなんかするもんか。

ぼくは心に決めていた。

二日ほどたって、平林先生はクラス全員の名前を覚《おぼ》えたという。もう名簿順《めいぼじゅん》の仮《かり》の席《せき》にすわる必要《ひつよう》がなくなったから、正式な席を決めることになった。

先生は黒板に大きく席《せき》の図を描《か》くと、

「さてと、席はくじ引きで決めますよ。でも、その前に」

ぐるりとみんなを見渡《みわた》した。

「すわりたい席がある人は言ってください。理由を聞いて、みんながいいと言ったらオッケーです」

すると、数人の子が手を挙《あ》げた。

「私《わたし》、視力《しりょく》が悪いから一番前の席にしてください」

さつきが言うと、

「わかりました。いいですね？　みなさん」

先生は確認《かくにん》して、黒板に名前を書いた。

「お次はだれですか。えんりょしないで、どうぞ、どうぞ」

先生につられて、直樹が手を挙げた。

「ダメもとで言うんだけど、ぼくは窓際《まどぎわ》がいいです」

「どうしてですか」

「運動場がよく見えるほうが楽しいから……」

目玉をくりくりさせて、期待をこめてみんなを見ていたけれど、

「うーん、それはバツだよ」

ほとんどの子がうでをクロスさせた。

「残念《ざんねん》ですね。授業《じゅぎょう》に集中してくださいよ」

先生が言って、みんなが笑《わら》った。せっかくなら、言うだけでも言ってみようと、続《つづ》いて何人かが希望《きぼう》を言った。仲良《なかよ》しの友達《ともだち》ととなりどうしになりたいなんて言いだす子がいたけれど、当然《とうぜん》、却下《きゃっか》された。

直樹のおかげで、気楽にものが言える空気になったのに、ぼくは手を挙《あ》げることができなかった。

先生が黒板に貼《は》る資料《しりょう》やチョークの文字は、色によっては見えにくかったけれど、まったく見えないわけじゃなくて、近くでよく見ればわかる。ぼくも前のほうにしたいと、言えるものなら言ってみたかった。せっかく席《せき》を選《えら》んでいいと言われたのに、みんなの前で理由が言えないんだからどうしようもない。さつきみたいに視力《しりょく》が悪いのとはちがうから、説明《せつめい》するのはむずかしそうだ。

「おれ、ろうか側《がわ》の一番前になりたいです」

友行だ。

「黒板がよく見えるからよね？」

さつきが聞くと、友行はにやりと笑《わら》った。

「みなさん、どうしましょう」

「いいよ。オッケー」

「背《せ》が低《ひく》い人は前で」

「やった！」

そんな調子で希望者《きぼうしゃ》の席《せき》が先に決まると、あとはくじ引きだ。

「他の人はいいですか」

先生はまた、ゆっくりとみんなの顔を見た。もうだれも手を挙《あ》げないのを確《たし》かめると、くじの入った箱を持って、席の間を回り始めた。

「いいんですか。くじで。えんりょしてませんか」

みんなに声をかけていた。ぼくのそばまで来ると、ほんの数秒、ぼくの顔をのぞきこんだ。

ぼくの目のことは前の担任《たんにん》の先生から聞いて、知っているんだなと思った。

五年生になって、平林先生が担任になってから、黒板が見やすくなった。先生はキャンディの缶《かん》に入った自分専用《じぶんせんよう》のチョークを持ち歩いていて、いつもその缶からチョークを出して使っていた。他の先生が使っているのとちがって、すっきりと見やすかった。だから、なんとかなると思うことにした。

「大丈夫《だいじょうぶ》です」

ぼくはこたえて、くじの箱に手をのばした。真ん中の列の後ろから二番目。となりは浩美で、前は郁人だ。

みんなの席《せき》が決まったあとに、

「本当はさ、休み時間になったら一番早く外に遊びに行けるだろ。だからここがいいんだ」

友行が得意《とくい》そうに言うのが聞こえた。

ふつう、そういうことを平気で言わないだろ。だから、ムカッとするんだよな。ぼくは友行みたいに調子のいいウソはつきたくない。

郁人は授業中《じゅぎょうちゅう》によくトイレに行く。

「先生、ちょっと……」

いつも小さな声で言いにくそうに先生にうったえている。ぼくのすぐ前の席だから、気になって仕方がない。体をかがめて静《しず》かに出ていくけれど、みんなもちら見していた。日に何度もそういうことがあって、トイレをすませたあとも、ろうかの手洗《てあら》い場《ば》で長い時間かかって手を洗っている。郁人とは、三年生から同じクラスだったから、前にもこんなことがあった気がした。

「ああ、また悪いくせが出ちゃったよ」

教室にもどってくるとき、ぼそっとつぶやくのを聞いてしまった。

五年生なのに、一時間（四十五分間）の授業《じゅぎょう》で、トイレをがまんできないはずがないんじゃないかな。悪いくせってなんだろう。きんちょうするとトイレが近くなるってことなら、ぼくにもわかるけれど、そういうのとちがうのかな。

「郁人ってさぁ、いい子すぎるのよ。だからストレスがたまっちゃうのね」

浩美に言われて、ぼくは、なるほどと思った。郁人はすごくいいやつだ。でも、どこかで無《む》理《り》をしているのかもしれない。明るいし、だれにでも親切だし、そのくせ、冗談《じょうだん》だってちゃんと通じる。

書写の授業でのことだった。

五年生は、週に一回、教務主任《きょうむしゅにん》の原貴美子《はらきみこ》先生が習字を教えてくれることになっていた。直《ちょく》接《せつ》授業を受けるのは初《はじ》めてで、始業式の司会《しかい》をしていたときの印象《いんしょう》は厳《きび》しそうな感じだった。きちんとしたスーツを着た先生が教室に入ってくると、ぴりっときんちょう感が走る。ぼくたちは姿勢《しせい》を正した。

原先生は、ふろしき包《づつ》みをほどくと、額《がく》に入った水墨画《すいぼくが》を見せてくれた。深い山の風景《ふうけい》だ。

「これは有名な雪舟《せっしゅう》の作品です。もちろんレプリカですよ。室町時代《むろまちじだい》に活躍《かつやく》した人ですね。子どものころ、お寺に預けられていた雪舟は、いたずらばかりして、和尚《おしょう》さんにお仕置《しお》きで柱にしばりつけられていました。しばらくして、和尚さんが様子を見に来ると、雪舟の足元に一匹《ぴき》のネズミがいたんです。そのネズミは和尚さんが追《お》い払《はら》おうとしてもにげませんでした。なぜかというと、それは雪舟がなみだを足で受けて描《か》いたネズミだったからです。まあ、お寺の本《ほん》堂《どう》がうす暗かったこともあるんでしょうけど、和尚さんが本物のネズミとまちがえるほど絵がうまかったという伝説《でんせつ》の人です」

原先生は黒板のチョークを置くところに雪舟の絵を立てかけた。そのあとに、

「そしてこれは、私《わたし》が描きました」

まるまると太った鯉《こい》の絵を見せてくれた。うろこの一枚一枚《いちまいいちまい》が立体的《りったいてき》に表現《ひょうげん》されている。

「わっ、かわいい！」

さつきが声を出すと、教室の空気がふうっと和《なご》んだ。

「かわいいですって。あらまあ、ありがとう。私の作品を雪舟とならべるなんてどうかと思ったんですけど、見るのも描くのも楽しいってことを、みなさんに知ってほしくって、持ってきちゃいました」

原先生が見せてくれた水墨画《すいぼくが》は墨《すみ》だけで描かれている。濃淡《のうたん》や筆の運び方で無限《むげん》の世界が広がるそうだ。そういう世界もあるんだな。おもしろいなと思った。

「色がなくても色が見える気がしませんか。水墨画《すいぼくが》の世界って不思議《ふしぎ》ですね。さて、今日は一回目の授業《じゅぎょう》ですから、墨《すみ》のよさをみなさんに感じてもらいたいと思います。墨をすって、それから自分の名前を書いてみましょうか」

みんなは一斉《いっせい》にすずりを取りだした。

水をたらして、墨をすり始める。

「五分間、だまって墨をすりましょう。心を集中させると、墨のにおいがわかるでしょう。もしかしたら、墨の声が聞こえるかもしれません」

墨の声ってなんだ？　気になってそっと顔を上げてみたけれど、だれも反応《はんのう》していなかった。もちろん友行も。おごそかな空気。原先生にはそういうオーラがある。

すずりの上で墨がこすられる音。かすかな振動《しんどう》も心地《ここち》よかった。静《しず》かな教室だ。

ふと、郁人の背中《せなか》がそわそわとゆれるのを感じた。

原先生がそばに寄《よ》って声をかけた。

「平林先生から聞いていますよ。トイレならどうぞ、行っていいですよ」

「すみません」

郁人が席《せき》を立ったそのときだ。

カタン。

イスの背《せ》もたれが当たって、ぼくのすずりをひっくり返してしまった。

「行っていいよ。ここはやっとく」

ぼくがぞうきんでふこうとすると、原先生が新聞紙でこぼれた墨《すみ》をふきとった。浩美も手《て》伝《つだ》ってくれて、すぐに片《かた》づけ終《お》わった。ふと前を見ると、原先生のジャケットに、点々と、墨がついていた。

うわっ、ヤバッ。

浩美と顔を見合わせていると、原先生がろうかで手を洗《あら》っている郁人のところに行って、

「これはよごれてもいい服ですから、気にしないでね」

話しているのが聞こえた。そのあとは何事もなかったように授業《じゅぎょう》が進められた。

チャイムが鳴って、平林先生が教室にもどってきた。

しょんぼりしている郁人に向かって、

「おい、替《か》わってやろうか。おれの席《せき》と」

友行が大きな声で話しかけた。

えっ。今なんて言った？

みんなが友行に注目した。せっかくお気に入りの席になったのに、そんなことを言いだすんだから、びっくりだ。

「ここなら教室を出るときも目立たないからさ」

「う、うん」

郁人がはずかしそうにこたえると、

「先生、いい？」

友行は平林先生に聞いた。

「それはいい考えです。友行くん、ありがとう。助かります」

「じゃ、引っこしだ」

友行はガタガタと派手《はで》な音を立てて机《つくえ》を引きずると、郁人の席《せき》とチェンジした。

「恩《おん》に着るよ」

郁人が言うと、

「礼にはおよばぬ。武士《ぶし》の情《なさ》けよ」

芝居《しばい》がかった言い方をして、友行は席に着いた。

「うへー、真ん中だぁ。落ち着かないなぁ。やっぱり端《はし》っこのほうがいいよなぁ」

いいことをしたと思われるのが気はずかしいのか、わざわざみんなに聞こえるようにひとりごとを言っている。ぼくの前が友行の席になってしまった。

授業中《じゅぎょうちゅう》、友行は姿勢《しせい》が悪くて、よく先生に注意された。そればかりか、ときどき後ろを向いて、ちょっかいを出してくる。消しゴムを貸《か》してくれとかなんとか、たわいもないものだったけれど、ぼくは友行と仲良《なかよ》くするつもりがなかったから、少しずつイライラが積《つ》もっていった。

5 平林《ひらばやし》先生のチョーク

帰りの会のとき、

「ここ数日、宿題を提出《ていしゅつ》してない人がいますよ」

先生は残念《ざんねん》そうに言った。

「友行《ともゆき》くんと信太朗《しんたろう》くん」

クラスのみんなに注目されてはずかしかった。ぼくにはにげ場がない。友行はすずしい顔をしてイスを後ろにかたむけてカタカタとゆらしている。そこにまたみんなの目が集まった。

「ためてしまうとたいへんですよね」

先生に言われて、ぼくたち二人は教室に残《のこ》って宿題をすることになった。

みんながちらちらとぼくらを見ながら帰っていく。

「なんだよ、ザヅギ。見るなよ。さっさと帰れ」

さつきがぼくたちを見ているのに気がつくと、友行が八つ当たりみたいに言った。

「人の名前に濁点《だくてん》をつけておもしろがるのやめてよ。一年生じゃあるまいし」

さつきがおこると、浩美《ひろみ》が味方した。

「そうよ。自分が悪いんでしょ。宿題をためてるから！」

「あー、浩美の言うとおりだ。ぼくも自分が悪いんだ」

ぼくは情《なさ》けない声を出した。ぼくの優先順位《ゆうせんじゅんい》の中で、宿題は下のほうだった。

みんながいなくなると、しいんとした教室に、ぼくと友行の鉛筆《えんぴつ》の音がした。平林先生は、教師机《きょうしづくえ》でだまってみんなのノートを見ている。友行はいつもとちがって、後ろにいるぼくにちょっかいを出してこなかった。ぼくのことなんか気にしていないみたいに集中している。

しばらくすると、友行が先に宿題を終えて、先生のところに出しに行った。

なんだよ。なんで早いんだよ。

「じゃあな、信太朗。お先！」

ぱたぱたと友行が帰ってしまうと、ぼくはあせった。一人だけ教室に残《のこ》されているなんて、気分のいいもんじゃない。だからといって、あんまりきたない字で書くのもどうかと思って、じれったい気持ちで漢字ドリルの最後《さいご》のページをノートに写していた。

運動場で遊んでいる子の声が聞こえてくる。「ぬかせ、ぬかせ」「もういっちょ！」、今流行《はや》っているミニサッカーでもしているようだ。

ふいに、平林先生が顔を上げた。

「信太朗くんは本が好《す》きなんですね」

えっ？

「よく図書館に通っているみたいだから、感心していますよ」

わっ、平林先生って、そんなことを見てくれているんだ。

「終わりましたか？　宿題」

言われて、ぼくは先生にノートを見せた。

「オッケー。来週もまた居残《いのこ》りしますか？」

ぼくはブルブルと首を横にふった。

先生はぼくのノートに「見ました」と、ハンコをおした。サクラの花形の大きなハンコだ。

それは夏の空みたいな色だった。

「どんな本が好きなんですか」

「うーん、今気に入っているのは『ドンマイ探偵《たんてい》』のシリーズで、結末《けつまつ》が気になって夜更《よふ》かししちゃうんです」

「あー、それで宿題をする時間がないのかな？」

先生がいたずらっぽく笑《わら》ったから、もっとぼくのことを知ってほしい気持ちになった。

「ぼく、今日、お昼休みに図書館に行ったんだけど、カードがぐちゃぐちゃになっていて、さがすのに苦労《くろう》したんですよ」

「ああ、学年ごとに色分けされていますからね」

図書カードは、いつもは学年別《がくねんべつ》の箱にきちんと入っているから、すぐに取りだせる。でも、今日はだれかが箱から出したまま、机《つくえ》の上でバラバラになっていた。自分の学年の色がぱっとわかれば、すぐにカードをさがせるけれど、ぼくにはそれができない。区別《くべつ》のつかない似《に》たような色の学年があったからだ。図書委員の子が整理するのを待って、やっと自分のカードを見つけた。

「そのせいでお昼休みが終わってしまったんです」

「たいへんでしたね」

「それで思いだしたんですけど、一年生のとき、担任《たんにん》の前田《まえだ》先生がぼくの図書カードにこっそりカドパンで印《しるし》をつけてくれたんです」

「カドパン？」

「星や花の形にあなをあけるパンチってありますよね。角を丸くするのもあるんですよ」

「だから、カドパン」

「はい。みんなにないしょでぼくの図書カードの右上に、パチンって。角をさわってすぐに自分のカードがわかるのがうれしくて、ぼくは毎日図書館に通うようになったんです」

「さすが前田先生ですね。ぼくなんか足元にもおよびません」

前田先生は昨年定年退職《さくねんていねんたいしょく》したから、もうこの学校にはいない。あのころ、前田先生はぼくの色覚《しきかく》のことに気がついていたのだろうか。いや、たぶんそうじゃなくて、ぼくは他の子より時間のかかることがいくつかあったから、心配りをしてくれていたんだ。一年生のときは気がつかなかった。考えてみれば、カドパンだけじゃなくて、他にもあった気がする。おかげで、どうしておそいのとか、早くしてなんて、ぼくはみんなからせめられたりしなかった。

「色で区別《くべつ》するのは便利《べんり》なんでしょうけど、そうじゃないときもありますよね。だからね、信太朗くん、ぼくといっしょに考えてみませんか。大きな声で言う必要《ひつよう》はありません。でも、えんりょすることもないんですよ。言ってもどうにもならないって、もし思っているんだったら、それはちがいますよ」

先生はまっすぐにぼくの顔を見た。ぼくは少しとまどったけれど、じわじわとうれしくなってきた。

ぼくは前から気になっていたことを聞いてみた。

「先生がいつも使っているチョークなんですけど……」

「ああ、これですか」

先生は机《つくえ》の上に置《お》いていたキャンディの缶《かん》のふたを開けて見せてくれた。

「色覚《しきかく》チョークっていうんですよ」

そこにはぼくが今までに見ていたのとは、少し色調のちがうチョークが入っていた。

「色覚チョーク？」

「ええ。だれにでも見やすいように工夫《くふう》されたチョークですよ。だけど、まだあまり知られてなくて、これは自前です」

「だから缶に入れているんですか？」

「そうなんです。ぼくの教室の黒板を見て、みんながよさをわかってくれたら、そのうち学校でどっさり購入《こうにゅう》してくれるはずなんですけどね」

そんなチョークがあることをぼくは知らなかった。平林先生のチョークはやっぱり他のとちがう特別《とくべつ》なものだったんだ。わざわざ自分で買って学校へ持ちこんでいたなんて。

今日、先生と二人で話ができたから、居残《いのこ》り勉強《べんきょう》するのも悪くないやと思った。

「実はね、ぼくの父は色覚障《しきかくしょう》がいなんです」

「えっ？」

「信太朗くんもそうですよね？」

「は、はい」

「それでね、明日、そのことをクラスのみんなに話そうかと思っているんです」

話す？　先生はクラスのみんなに何を話すつもりなんだろう。

「ぼくのことをですか？」

「いいえ、ちがいますよ。父のことをです。色覚障《しきかくしょう》がいってどういうものか、ぼくの父みたいな人がいるんだってことをわかってもらいたいなと思って。だけど、心配しないでくださいね。きみの見え方のことを勝手に公表したりはしません。信太朗くんの意思を無視《むし》して、そんなことしないって約束《やくそく》しますよ」

ぼくは少し安心した。担任《たんにん》の先生が断《ことわ》りもなしに、ぼくの目のことをクラスのみんなに話すんじゃないかって、それはいやだなって、いつも思っていたからだ。

だけど、色覚障がいという言葉をたぶんみんなは知らないのに、先生が教えちゃったらどうなるのかな。わざわざみんなに知らせるようなことを言ってほしくない気もした。

先生はどんなふうに話すつもりなんだろう。ぼくのことを言ったりしないって約束してくれたけれど、やっぱり心配だ。

次の日の朝の会のことだった。

「今日は少し長いお話をさせてください」

ふだんの朝の会では連絡事項《れんらくじこう》くらいしか言わないのに、その日、先生は前置《まえお》きをした。

「ぼくの父の話です。それからみなさんにいっしょに考えてほしいことがあって」

先生は、ひと呼吸《こきゅう》おいてから、話し始めた。

「みなさんは、おうちの方がどんな仕事をしているか知っていますか？　ぼくは子どものころに父が働《はたら》いているところを見て、すごいなぁって思ったことがあるんです。思ったのに、それを伝《つた》えるのがはずかしくて、何も言わなかったんですよね」

「言えばよかったのに」

「何の仕事をしていたんですか」

みんなが身を乗りだして聞くと、

「鉄道の整備《せいび》の仕事です」

先生は言った。

「大きな台風のあった次の日、たまたま、線路の清掃作業《せいそうさぎょう》をしているところを見たんですけど、よごれた作業着すがたの、あせまみれの父……。見ていたら胸《むね》が熱《あつ》くなりましたよ。こんなふうに働いているんだなって」

教室のみんなは先生の話に引きこまれていった。担任《たんにん》の先生が自分の子どものときの話をしてくれるのって、なんでこんなにうれしいんだろう。

「父は電車が大好《だいす》きで、運転士《うんてんし》になりたかったらしいです。だけどなれなくて、整備担当《せいびたんとう》をしていたといいます」

「どうして運転士になれなかったんですか」

「ええ。それなんですけどね、ぼくの父は色覚障《しきかくしょう》がいといって、色の見え方がみんなと少しちがっていたんです。だから、赤信号《あかしんごう》を見まちがえるといけないという理由で、運転士にはなれなかったそうです」

先生は黒板に「色覚障がい」と書いた。チョークの音がカッ、カッとひびいた。

ぼくはみんなの反応《はんのう》が気になったけれど、顔を上げることができなくなった。ほおづえをついてだまって話を聞いた。

「へえー、知らなかった」

「それってどういう障がいなの？」

そんな声が聞こえてきた。

「父が子どもの時代には、身体測定《しんたいそくてい》と同じように、教室で色覚の検査《けんさ》もしていたようで、順々《じゅんじゅん》に先生のところに行って検査を受けたそうです。あっ、これは父の記憶《きおく》の中のことですよ。今は希望《きぼう》する人だけしか検査をしませんから、自分では気づかない子がいるかもしれないですね。父は色覚障がいと言われたけど、何も変《か》わらなかったそうです。見た目にもまったくわからないし、そのことでいじめられたりすることもなかったそうですが、見えにくくてこまることはいくつかあったと言っていました。色覚障《しきかくしょう》がいの人の多くは赤とみどりの区別《くべつ》がつきにくいことがあるようです。だから信号機《しんごうき》もそうだし、危険《きけん》の印《しるし》の赤を見落としたらたいへんですよね」

色覚障がいがあると、電車の運転士《うんてんし》にはなれないのか。

ぼくはがっかりした。そんなこと、考えたこともなかった。

「最近《さいきん》は色のバリアフリーといって、街《まち》の中にもいろいろな工夫《くふう》がみられるようになりました。赤信号の中に×印《バツじるし》がついているものがあったり、駅の路線図、公園の案内板《あんないばん》なども見やすい色の組み合わせになっていたりします。職業《しょくぎょう》の制限《せいげん》もほとんどありませんよ。ただね、ぼくの父のような人がいるってことも、みなさんに知っておいてほしいと思ってお話ししました」

みんなは静《しず》かに先生の話を聞いていた。

「それでね、色覚障がいばかりじゃなくて、本人からは言いにくいことってあると思うんですよ。人にはわかりにくいけど、こまっていることや不自由《ふじゆう》な思いをかかえている人がいるかもしれません」

先生はそこで、自分の手のひらを広げてみんなに見せた。

「ささいなことかもしれませんが、ぼくは手汗《てあせ》がひどくて、こまっているんですよ」

みんなは、へっ？　という顔になった。

「正式には手掌多汗症《しゅしょうたかんしょう》っていうらしいです。たまにね、みなさんのテスト用紙をぬらしてしまって、ああ、どうしよう！　ってなるんですよ」

「先生、そんなことを気にしているの？　言わなきゃわからなかったのに」

浩美が明るく言った。

「ありがとう。そう言ってもらうと助かります」

「本人が気にしているだけで、まわりの人はなんとも思わないことって、案外《あんがい》あるのかも」

郁人《いくと》が言うと、さつきがつけ加《くわ》えた。

「こまっていることって、人によってちがうし、目に見えることも見えないこともあるのよね。自分では人に言えないから、だれか気づいてくれーって、心の中でさけんでいる人もいるかもしれないわ」

「そう。そのとおりですよ。みなさんもまわりの人に対して想像力《そうぞうりょく》をはたらかせてみてください。みんなに言おうかどうしようか、迷《まよ》っているのはつらいものです。ぼくは今、すっきりしました」

先生がにこっと笑《わら》うと、直樹《なおき》が口を開いた。

「ぼく、左利《ひだりき》きなんだ」

「えっ、左利《ひだりき》きだとなんかこまることあるの？」

浩美が聞くと、

「あー、不便《ふべん》なこともあるかも。駅の改札口《かいさつぐち》を通るとき、右側《みぎがわ》でピッとタッチするでしょ。たまにあれっ？　って思うのよね」

同じ左利きの子が反応《はんのう》していた。

「そういうのは仕方ないけどさ、ばあちゃんが人とちがうのは見た目が悪いから直せってきびしくて、はしや鉛筆《えんぴつ》の持ち方をいちいち言ってくるんだよな」

直樹はすねたような言い方をした。

「うちは何も言われないよ。堂々《どうどう》と左手でご飯《はん》食べてる。ハサミだって左利き用のを買ってもらったし」

「好きで左利きに生まれたわけじゃないでしょ。人にめいわくをかけてもいないし。堂々としてたらいいいじゃない」

浩美ははげますような言い方をした。

「だろ。だからさ、ぼくはサウスポーになるんだ。左利きの投手。うちの野球チームで左利きはぼくだけなんだ」

「それ、正解《せいかい》だよ。サウスポーって試合《しあい》のときに貴重《きちょう》な戦力《せんりょく》だって聞いたことがあるよ」

郁人に言われると、直樹はうれしそうな顔をした。

「そういうのを個性《こせい》って言うんでしょ」

さつきの言葉に、みんなはうんうんとうなずいた。

「というわけで、教室で弱みを見せていいっていうのがぼくの理想なんです。こまっていることがあったら、話してくれるとうれしいです。みんなの前で言えなかったら、こっそりでいいです。ぼくは全力で考えますから」

「そうかぁ。でもなぁ、弱点を言うなんてダサいもんなぁ。なかなか言えやしないよ」

友行が言うと、

「それわかるよ。席決《せきぎ》めのとき、ぼくは端《はし》っこの席がよかったのに言えなかったもんなぁ」

郁人がぼそっとつぶやいた。

「だろ。おれが気づいて替《か》わってやったんだぞ」

友行がいばると、

「それ、今言う？」

浩美があきれたように言って、みんながぷっと笑《わら》った。

先生の話を聞いて、気持ちが楽になった。

今日、先生が話してくれたからって、急に何かが変《か》わるわけでもないと思った。

ぼくは色覚障《しきかくしょう》がいなんだよ。

そんなふうに教室で言うのはやっぱり無理《むり》だし、だれにも知られたくはない。ぼくの心配は完全《かんぜん》になくなったわけじゃないけれど、気持ちはずいぶんと軽くなった。平林先生がわかってくれているんだと思うと居心地《いごこち》がよくて、ぼくは心強くなった。

それから二、三日して、ぼくは平林先生に相談に行った。

今までだって、ぼくの味方になってくれる人はいたはずなのに、どうせだれも助けてくれないと勝手に決めつけていて、たよろうとしなかったんだ。自分から色覚障《しきかくしょう》がいのことを話そうと思ったのは初《はじ》めてだった。

お昼休み、先生は一輪車《いちりんしゃ》の練習に行ってしまうから、放課後《ほうかご》、みんなが教室を出たタイミングで先生に声をかけた。

「こまっていることが一つあるんです」

「見え方のことですか？」

「はい。たいしたことじゃなくて……」

「どうぞ。いやあ、うれしいなぁ。あるんでしょう。言ってくださいな。どうぞ、どうぞ」

先生のにこにこ顔に引きこまれていく。

「今日の社会科のときのことなんだけど、地図がちょっと」

「やっぱりそうでしたか」

「はい、地図帳を見ているとき、県の境界線《きょうかいせん》がよくわからなかったんです。そのまま、見えているふりをしていたんだけど、気持ちが悪くって」

「そう！　それそれ。なんとかなりますよ。前にも色覚障《しきかくしょう》がいのある子を担任《たんにん》したことがあって、その子も同じようなことを言っていたんですよ。そのときは、県の境界線をサインペンでなぞってみたんです。いろいろやってみて、信太朗くんに合うやり方を見つけましょう」

地図の中には、太さや色のちがう線、点線もある。指でなぞって一生懸命《いっしょうけんめい》に見なくちゃならない。県と県の境界線《きょうかいせん》をサインペンで描《か》く。そんな発想はまったくなかった。

平林先生はぼくの顔をのぞきこんだ。

「今までにも地図の勉強でこまったことがあったんじゃないですか」

先生に聞かれて、ぼくは素直《すなお》にうなずいた。

地図帳が配られたのは三年生のときだった。県名や地図記号を覚《おぼ》えるのは楽しかった。でも、土地利用図《とちりようず》は色分けされていたし、土地の高さも見えにくかった。ときどき白地図に色をぬる作業があって、みんなは楽しいと言っていたけれど、これも苦手だった。

「五年生の社会科では資料《しりょう》として、色分けされたグラフなどもよく使います。これをどうするかですよね」

先生が言うように、色分けされたグラフや凡例《はんれい》は、なやましい。

「心配しないでください。そのときそのときで相談して、いい方法《ほうほう》を見つけましょう」

先生はいっしょに考えてくれると言った。


次の日のお昼休み、みんなが外に遊びに行くのを見計らって、先生はぼくの席《せき》に近づいてきた。

ぼくのために、一輪車《いちりんしゃ》の練習を後回しにしてくれたみたいだ。

「これを使ってみましょう」

紙のたばを差《さ》しだした。

「あれから考えたんですけど、信太朗くんの地図帳にペン描《が》きするのは、もう少し様子を見てからのほうがいいですよね。地図帳は来年もまだ使うし、ミスしたときに消せないとこまるかもしれませんね。とりあえず、地図帳を数ページコピーしてきました」

先生は日本全土の地図を開いた。

「どうです？　赤い境界線《きょうかいせん》はモノクロコピーすると、はっきりするんですよね。こっちのほうが見やすくないですか？」

ぼくはその地図をすみずみまでながめた。先生の言うとおり、実際《じっさい》の地図より見やすくなっている。一つひとつの県の形もはっきりとわかる。

「はい、前より見やすいです」

「そうですか。よかった。よかった」

先生はほっとしたみたいだった。

「さて、ここからです。この地図には気楽になんでも描《か》いていいですよ。サインペンで境界線をなぞってもいいし、まちがえても大丈夫《だいじょうぶ》。コピーですからね。何枚《なんまい》でも渡《わた》しますよ」

「やってみます」

「そうですね。ぼくが描いてもいいんだけど、できるところまでは自分でやってみたほうがいいですね」

「ありがとうございます」

「まずは第一段階《だいだんかい》クリアですね。できるかぎりフォローしますよ。がまんもえんりょもいりません。学校ってそういうところなんですよ。それとね、人は言わなきゃわからないってことも、覚《おぼ》えておいてください」

チャイムが鳴って、みんなが外遊びからもどってきた。

コピーのたばを見られたら、何か言われるのかな。でもいちいち説明《せつめい》するのはたいへんだ。

ぼくは、ささっと机《つくえ》の中に入れた。

社会科の授業《じゅぎょう》では日本の工業の勉強をしている。ぼくが先生にコピーしてもらった地図を広げていると、となりの席《せき》の浩美が不思議《ふしぎ》そうに見てきた。

「どうしたの？　地図帳、忘《わす》れたの？」

つっこんで聞かれたらどうしようと、あわてて机の中から地図帳を取りだした。

「なんだ。あるじゃん。どうしてコピーなんかしているの？」

「こっちのほうが見やすいんだ」

こたえると、

「ふうん。そうなんだね」

浩美はなんでもないように言ったきり、もう何も聞かずふつうにしていた。

あっ、言えた。こっちのほうが見やすいって言えたんだ。

案外《あんがい》なんともないものなんだ。かくさなきゃってずっと思ってきたのに、なんだ、はずかしがることとないのか。色覚障《しきかくしょう》がいのことを知られたわけじゃなかったけれど、浩美がぼくの地図のコピーを見て、笑《わら》ったりしなかったから、ぼくは堂々《どうどう》とその地図を使った。

ぼくが思っているほど、人は気になんかしないってことがわかった。

6 屋根裏部屋《やねうらべや》のにおい

五年生になって何が一番うれしいかって聞かれたら、自分一人でじいちゃんちに行けるようになったことだ。じいちゃんちはカササギ山のふもとにある。母さんの生まれた家で、幼《おさな》いころから、保育園《ほいくえん》や学校が休みの日に母さんが仕事に行くと、ぼくはその家に預《あず》けられることが多かった。

今までは母さんの車に乗って行っていたけれど、自転車だったら三十分くらいだ。四年生から公道で自転車に乗ってもいいことになっていたのに、母さんはぼくが自転車で一人で遠くまで出かけることをなかなか許可《きょか》してくれなかった。

保護者《ほごしゃ》の許可が必要《ひつよう》です。交通安全教室のあと、担任《たんにん》の先生に言われて、とても無理《むり》だなと思った。母さんは信号機《しんごうき》のことが心配だと言った。でも、そんなのは都合のいい口実で、母さんはいつもぼくのしたいことを必要以上《ひつよういじょう》に制限《せいげん》してくる。過保護《かほご》って、うちの母さんのためにある言葉だ。おかげでぼくは、近所のコンビニくらいしか自転車で行くことができなくて、じいちゃんちまでは一人で行ったことがなかった。

「おい、もうそろそろいいんじゃないのか」

四年生の夏休みごろ、父さんが味方して言ってくれたけれど、

「ダメ。信《しん》ちゃんに何かあったらどうするのよ」

母さんは語気を強めるばかり。

なんでだろう。うちは母さんがダメと言ったらぜったいにダメなんだ。すべての主導権《しゅどうけん》を母さんがにぎっている。

「まあ、信太朗《しんたろう》、まだしばらくはあれだ。三年寝太郎《さんねんねたろう》ってことで」

例《れい》によって、父さんがそんなふうに言ったから、ぼくはあきらめた。三年寝太郎というのは、じっとしんぼうして好機《こうき》を得《え》た男が大きな仕事を成功《せいこう》させる話だ。

ないしょで行く勇気《ゆうき》もなくて、ぼくは母さんの言いつけを守ることになった。

「五年生になったら、いいよね？　じいちゃんちに自転車で行っても」

その話をするたびに、母さんのきげんが悪くなって、返事もしてくれないときがあった。それでもぼくは、しつこく言《い》い続《つづ》けて、母さんの約束《やくそく》を取《と》り付《つ》けた。

長い間しんぼうしたうえに、さらに一年間、長かった。五年生になって、母さんはしぶしぶ承知《しょうち》してくれた。

やった！　とうとうこの日が来た。

じいちゃんちが、いつでも行きたいときに自由に行ける場所になったんだ。

「赤信号《あかしんごう》で止まるのよ。いい？　信ちゃん」

今日も出かけるとき、母さんに念《ねん》をおされた。

「うん。心配しないで。ちゃんとわかってるから」

ぼくはこたえた。ぼくの「わかる」は、母さんとは少しちがうみたいだ。

四年生のときの交通安全教室ではもちろんのこと、学校では毎年警察《けいさつ》の人が来て、身の安全を守る練習や交通ルールの勉強をしている。ぼくが渡《わた》る歩行者用の信号機《しんごうき》は上が「止まれ」で、下が「進め」。そこには止まる人と歩く人のイラストも描《か》かれているし、渡っていいときにはカッコウやピヨピヨの音が流れるんだ。まちがえることなんて絶対《ぜったい》にない。

夏休みが待ちきれなくて、ゴールデンウィークにじいちゃんちに泊《と》まりに行くことになった。数日間、母さんから解放《かいほう》されて自由になれるんだ。そのこともうれしくってたまらなかった。

ヘルメットをきっちりとかぶって、ぼくは出発した。リュックの中には最小限《さいしょうげん》の着替《きが》えだけ。身も心も軽く、すいすいと進んだ。

途中《とちゅう》の交差点《こうさてん》では、もちろん止まって、自転車を降《お》りた。

信号機《しんごうき》を見て、歩く人のイラストを確認《かくにん》すると、右、左、右。カッコウの音を聞きながら自転車をおして渡《わた》り、ぼくはまた出発した。

ペダルをこぐたびに、母さんから遠ざかっていく。風になった気分で、つい笑《わら》いたくなるのをこらえた。じいちゃんちが近づくと、上り坂が続《つづ》く。立ちこぎで行けるところまで行って、登山道の看板《かんばん》の前でギブアップ。自転車をおして歩いた。

まがりくねった道をしばらく進むと、じいちゃんちが見えてきた。広いサツマイモ畑を横目で見ながら、畑の中の細い道を歩いた。

「おーい、おーい。来たよう」

大声でよぶと、じいちゃんは畑の真ん中から手をふってくれた。

じいちゃんは今、ブルーベリーに夢中《むちゅう》だ。最初《さいしょ》に植えたのは、ぼくが一年生になったときだった。それからどんどん増《ふ》やしていって、畑一面の苗木《なえぎ》はすくすく育っていた。ブルーベリーは今が花盛《はなざか》り。枝《えだ》の先に小さなすずらんみたいな形をした花がいっぱいだ。この夏からブルーベリー狩《が》りができるように敷地《しきち》を整えているという。

「食べ放題一時間と、おみやげに紙コップいっぱい採《と》ってもらって五百円ってとこかな」

「安い！　それってもうかるの？」

ぼくが聞くと、

「さあてな。お客さんが千人くらい来たら、少しは利益《りえき》が出るかもな。ははは」

じいちゃんはお金もうけをする気もないみたいだ。

「鳥たちにも少しは分けてやりたいが、好《す》き勝手《かって》に食べられたら商売にならん。今日は鳥よけの網《あみ》をかけるから、信太朗、助手をたのむ」

「アイアイサー」

ぼくはじいちゃんの一番弟子《いちばんでし》だ。

自己紹介《じこしょうかい》でじいちゃんは薬草博士《やくそうはかせ》だと言った話をすると、

「おいおい、博士だなんて、そんなたいそうなもんじゃないぞ。趣味《しゅみ》だよ。ただの」

「えーっ、ぼく、じいちゃんはなんでも知ってるって、みんなにじまんしちゃったよ」

「いやー、そりゃ、参《まい》ったなぁ」

じいちゃんは照《て》れ笑《わら》いをして、首にかけたタオルで額《ひたい》のあせをぬぐった。

作業をしながら、みんなに言われたことを聞いてみた。

「いいか、信太朗、そういうのは全部、心のもちようなんだ」

「心のもちよう？」

「そうだよ。たいていのことはできると思って努力《どりょく》すればなんとかなるもんだ。薬草で病気が治《なお》ることなんかないんだよ。すべては自分の力なんだ。ほんの少し、薬草が力を貸《か》してくれるんだ」

「髪《かみ》がふさふさになるっていうのはどう？」

「ははは。髪が生える薬草なんて知らんよ。けど、いい先生だな。みんなが話しやすくなっただろう」

「うん」

じいちゃんの髪はほとんど白髪《しらが》だ。会社勤《かいしゃづと》めをしていたころはみんなと同じ色に染《そ》めていたらしいけれど、今は自然《しぜん》に任《まか》せ、ありのままにしているという。そういうじいちゃんもいさぎよくて、ぼくは好《す》きだ。

「ちょっとおさえててくれ」

じいちゃんは木づちをふり下ろして、畑の端《はし》にくいを打ちつけた。

「ここに網《あみ》をしばりつけるの？」

「そうだ」

ぼくはひもをつかんだ。

「ぐーっと引っぱるんだ。そら、力を入れて」

じいちゃんと二人でひもをくいに巻《ま》きつけて結《むす》んだ。

「ヒヨドリっていうのはくちばしが細くて長いからな。目の細かい網をかけるんだが、器用《きよう》についばんでいくんだ。まあ、多少は大目に見てやるけどな」

ブルーベリー畑はみるみる網《あみ》におおわれていった。

「そうだ、信ちゃん、あとでちょっと手伝《てつだ》ってくれる？」

昼食を食べながら、ばあちゃんにたのまれた。

「なんでもどうぞ」

ぼくがこたえると、じいちゃんが言った。

「ははは。信太朗がいると大助かりだな」

じいちゃんちには屋根裏部屋《やねうらべや》がある。物置《ものおき》になっているらしい。ぼくは一度も中に入ったことがなかった。その日、ばあちゃんが草木染《くさきぞ》めで使う道具を取りに行くと言うのでついていった。細くて急な階段《かいだん》を上ると、ばあちゃんはガラガラと木の引き戸を開けた。すると、つんと鼻につくにおいがした。

なんのにおいだろう。どこかでかいだことがある。

「窓《まど》を開けてちょうだい」

言われて、ぼくは奥《おく》へ進んだ。

その部屋の窓は、内側《うちがわ》から外におして開ける片開《かたびら》きの一枚《いちまい》ガラスの小窓だった。開けると、風がすうっと入ってきて、さっきのにおいは消えていった。

窓《まど》から畑が見渡《みわた》せて気持ちがいい。

部屋の中には、母さんや和美《かずみ》おばちゃんが子どものころに使っていたという、机《つくえ》や本箱が置《お》いてあって、その上に段《だん》ボール箱《ばこ》がいくつか積《つ》み上《あ》げられていた。

机の横にはおびただしい数のキャンバスが立てかけてある。母さんが学生時代に描《か》いた絵が残《のこ》してあるようだ。ちょっと興味《きょうみ》をひかれたけれど、取りだすのはむずかしそうだ。キャンバスはびっしりとならべられていて、その上にも、ものがのせてある。一枚《まい》ぬいたら、ガラガラとくずれてしまいそうだ。

部屋の一番奥《おく》に、布《ぬの》をかぶせた何かがある。めくってみると、ドラムセットがすがたを現《あらわ》した。

「すごっ！　だれがドラムをやっていたの？」

「和美よ」

へぇー、和美おばちゃんかぁ。

指でふれると、ドラムはトトトン、シンバルはカカカン。おもしろい音がする。

もっとたたいてみたい。

「何でたたけばいい？」

「スティックね。確《たし》か和美が持っていったんじゃなかったかしら。青春の記念《きねん》なんだって」

「そっか。残念《ざんねん》」

ドラムの横には人の体のようなものが置《お》いてあった。マネキンとちがって、頭も手足もない胴体《どうたい》だけの人形みたいなものだ。

「これも和美のよ。トルソーっていうの。服飾《ふくしょく》デザインの勉強をしていたときに使っていたの。途中《とちゅう》からドラムに出会って、音楽活動に夢中《むちゅう》になっちゃって」

「母さんは絵？」

「そうそう、雅美《まさみ》は一生懸命《いっしょうけんめい》に絵を描《か》いていたの。でも、その前にピアノを弾《ひ》いたり、サッカーチームに所属《しょぞく》したりもしていたわね。すがた形はよく似《に》た姉妹《しまい》だったけど、やりたいことはそれぞれにちがっていて。二人とも夢《ゆめ》やあこがれを追いかけていたから、それを応援《おうえん》するのは楽しかったのよ」

ばあちゃんがなつかしむように言った。

「ここにあるのは娘《むすめ》たちの夢のぬけがらよ。和美も雅美もララをさがしていたのよ」

「ララ？　母さんが絵本に描いていたあのララのことだよね？」

「あの本ね。私《わたし》にも見せに来たから知ってるわ。信ちゃんにねるとき絵本を読み聞かせるから、一冊《さつ》くらい自分で描いてみたかったって、楽しそうに言ってた」

「知らなかったぁ。絵本の中の話じゃなくて、母さんは本当にララをさがそうとしていたんだ。じゃあ、あの絵本は母さんが自分のことを描《か》いたのかな」

「たぶんそうだと思うわ。だれが言いだしたのか、いつのまにか家族で使っていた言葉なの。ララを見つけたら人生が豊《ゆた》かになるのよ。生きていくのに必要《ひつよう》な芯《しん》みたいなものかしらね。これがあるから私《わたし》は大丈夫《だいじょうぶ》って思えるのよ。雅美ったら、今は信ちゃんの母ひとすじだって」

「ひとすじかぁ」

「ええ。好《す》きってことよ。大好きってこと」

ばあちゃんはやんわりと笑《わら》った。くりっとしたまあるい目は、笑うとたれ目になってさらにやさしい感じになった。

「ララはそのときどきで変《か》わっていくのかもしれないし、いくらさがしても見つけられないこともあると思うわ。だから本物のララを見つけられたらきっと幸せね」

本物のララ。

そんなものがあるんだろうか。いつか、ぼくにも見つけられるのかな。

ばあちゃんは大きななべを持ちだして、中に細々《こまごま》としたものを入れていた。

ぼくがきょろきょろしていると、ひじが何かに当たった。

ポロロン。

不思議《ふしぎ》な音がした。

見ると、たなの上に置《お》いてあったのは、二十センチくらいの横長の箱で、ふたの上にキラキラしたガラスのスワンが貼《は》りつけてある。オルゴールのついた宝石箱《ほうせきばこ》だ。

「ああ、それね、雅美の宝石箱だわ。お誕生日《たんじょうび》にじいちゃんに買ってもらったものなの」

ばあちゃんが教えてくれた。

へえ、そうなんだ。

宝石箱なのに、どうしてこんなところに置きっぱなしにしているんだろ。

「ネジを巻《ま》いて、ふたを開けてごらんなさい。音が出るはずよ」

ぼくは、ギリッ、ギリッと、ゆっくり箱の裏《うら》のネジを巻いた。ふたを開けると、どこかで聞いたことのある曲が流れた。「乙女《おとめ》の祈《いの》り」だ。

「あれっ、これなんだろう」

宝石箱の中には封筒《ふうとう》が入っていた。

手に取って見ると、封筒には日付《ひづけ》が書いてあった。もう十年以上《いじょう》前の日付だった。

ぼくが生まれた年じゃないか。中に何が入っているんだろう。

「見るよ」

勝手に見たりするのは、母さんに悪いかなと思って、ぼくはばあちゃんに断《ことわ》りを入れた。

手紙かなと思ったけれどちがった。小さくおりたたまれた紙を広げると、それは外国の地図だった。飛行機《ひこうき》のマークがついたところに、マル印《じるし》がついている。

「これ、なんて書いてあるの？」

「バルセロナ・エル・プラット空港。スペインよ」

「へえ、スペインの地図がどうしてここに？」

ぼくは地図をすみずみまでながめてみた。

母さんの大事なものなんだろうか。

「ねぇ、これって母さんの宝物《たからもの》を入れる箱なんでしょ」

「ええ、そうよ」

「何かかくしごとがあるのかなぁ」

「うーん、そうねぇ。そうかもねぇ」

ばあちゃんはそう言ってちょっと笑《わら》った。その口ぶりから、地図のことを知っているんだなと思った。

「母さんがスペイン旅行したの？」

ばあちゃんはぼくにはこたえないで、窓辺《まどべ》に寄《よ》ると、パタンと窓を閉《し》めた。

何も教えてくれないつもりらしい。それだと余計《よけい》に知りたくなる。

母さんから海外旅行をした話なんて聞いたことがなかった。スペインってどんな国なのかもまったく知らない。なんでスペインなんだろう。なんで地図を大切にしまっていたんだろう。

ええーっ、気になって仕方ないよ。

バルセロナ・エル・プラット空港ってなんなんだ？

「さてと、これからポテトだんごを作るわよ。信ちゃん、手伝《てつだ》ってくれる？」

ばあちゃんに言われて、ぼくは宝石箱《ほうせきばこ》をもとの場所に置《お》くしかなかった。

母さんのヒミツにふれていいのかどうか、ぼくには自信《じしん》がなかったからだ。

ポテトだんごというのは、ぼくの大好《だいす》きなおやつ。ジャガイモを蒸《む》して、カタクリ粉《こ》をまぜてつぶす。中にチーズをくるんでまるめたら、フライパンでこんがりと焼《や》くんだ。

「手伝うよ。つぶすのもまるめるのも、ぼくに任《まか》せてね」

草木染《くさきぞ》めの道具をかかえて、二人でキッチンへ下りていった。

次の日、畑の手伝いを終えると、ぼくはまた屋根裏部屋《やねうらべや》に行った。

母さんがかくしごとをした宝石箱にも、ばあちゃんが夢《ゆめ》のぬけがらだと言ったものたちにもひきつけられる。

そこにはたくさんの本があった。ずらりとむずかしそうな本がならんでいて、ぼくが読めるような子ども向けの本なんて一つもない。でも、それがまたみりょくてきだった。語学の本、図鑑《ずかん》、どれも古めかしくて、手に取るとずっしりと重たかった。その重さが新鮮《しんせん》に感じられた。アパートで父さんや母さんが本を読んでいるところなんてめったに見ない。せいぜい雑誌《ざっし》くらいだ。だいたい、調べたいことはネットで検索《けんさく》すればいいから、こんな重い本なんて必要《ひつよう》ないんだ。

うちのリビングには三人で使っているパソコンがあって、ぼくもときどき動画を見たりしている。そのパソコンに残《のこ》っている検索履歴《けんさくりれき》には色覚障《しきかくしょう》がいという言葉がならんでいて、母さんがぼくの目のことを何度も調べているんだなと思った。

あっ、この本おもしろそう。

ぼくが気になったのは画集だ。背表紙《せびょうし》に「世界の名画」と書かれた分厚《ぶあつ》い本だった。

画集を持ってリビングに下りていくと、

「ああ、それか。雅美にせがまれて買ったんだよ」

じいちゃんが言った。

「母さんに？」

「そうだ。将来《しょうらい》は絵描《えか》きになりたいなんて言っておったくせに、気がついたら信太朗の母さんになっとった」

えっ、どういうこと？

「ほほほ。そんなときもありましたねぇ」

ばあちゃんが笑《わら》いながら、お茶の道具をのせたトレイを運んできた。

「ここんとこ、茂明《しげあき》くんの顔を見てないな。お父さんは元気かい？」

じいちゃんに聞かれて、ぼくはこたえた。

「うん。父さんは夢《ゆめ》のマイホーム資金《しきん》のために働《はたら》いているからね。今日もワンダーランドだよ。工場の給料《きゅうりょう》だけじゃ足りないんだって」


父さんは遊園地で副業《ふくぎょう》をしている。ワンダーランドというのは、ジェットコースターやメリーゴーラウンドなどの施設《しせつ》がひととおりそろっている、ローカルな遊園地だ。父さんはふだんは吉永電機《よしながでんき》という工場で働いていて、工場が休みの日、アトラクションスタッフのバイトをしている。ときどきヒーローショーにも出演《しゅつえん》しているんだ。

数年前にショーを見に行ったとき、父さんが客席《きゃくせき》のぼくを見つけて、ステージの上から手をふってくれたことを今でも鮮明《せんめい》に思いだす。ヒーローショーの父さんはかがやいていた。派手《はで》な音楽や照明《しょうめい》、スモークの演出《えんしゅつ》。マスクをかぶり、衣装《いしょう》を着ていても、どの人が父さんかぼくにはすぐにわかった。だから、一生懸命《いっしょうけんめい》にその人を目で追いかけた。

おどろいたのは父さんが空を飛《と》んだことだ。ワイヤーでつっているのは知っていたはずなのに、本当に飛んでいるみたいに思えた。ワイルドな父さんは、敵《てき》をたおしてヒロインを救《すく》いだすと、

「ぼくはきみたちの幸せを守るんだ！」

情熱的《じょうねつてき》でちょっときざな決めゼリフを残《のこ》して、さっそうと帰っていく。お客さんたちの拍手《はくしゅ》は鳴りやまなかったし、ぼくも手が痛《いた》くなるほどたたき続《つづ》けた。ぼくのとなりで、

「今のセリフ、私《わたし》に向かって言ったよね。ねっ！　ねっ！」

母さんはハイテンションでさけんでいたんだよなぁ。

「あら、いいわねぇ。マイホームだなんて。雅美ったら幸せよね」

ばあちゃんが言うと、じいちゃんもあいづちを打った。

「そうだ、そうだ。今となっては正しい選択《せんたく》だったと思うな」

「なんのこと？」

「二人が結婚《けっこん》してよかったってことさ」

じいちゃんが言った。

「だれでも結婚するときにはドラマチックな話があるものよ。そのうちに雅美が話してくれる

と思うわ。スペインの話もね」

ドラマチック？　なんのことだろう。

父さんと母さんはごくふつうに結婚《けっこん》したんじゃなかったのか。

ばあちゃんはガラスびんのふたを開けた。

「これ、食べてみて。昨日《きのう》、信ちゃんと摘《つ》んだイチゴでジャムを作ったの」

びんに入っているのは煮詰《につ》められて、とろりとした手作りのジャム。ぼくが摘んだイチゴは、まだ熟《う》れてないのもあったかもしれない。ばあちゃんがより分けたのかな。

クラッカーにのせて口に入れると、プチプチとした種《たね》を感じた。

「おれは紅茶《こうちゃ》に入れるよ」

じいちゃんが言ったから、ぼくもまねをした。イチゴのジャムをスプーンですくって、たっぷりとカップに入れると、ふんわりとあまい香《かお》りに包《つつ》まれた。

お茶を飲みながら、ぼくはさっきの画集のページをめくった。

なんだ？　この絵は……。

ぼくの目に留《と》まったのは不思議《ふしぎ》な絵だった。

題名は、「星月夜《ほしづきよ》」。

どうしてだか心ひかれた。胸《むね》のおくでピリッと何かが光った気がした。まるでイナズマが一つ、ぼくの上に落ちてきたみたい。絵を見てこんな気持ちになったのは初《はじ》めてだ。

「信太朗はこの絵が気に入ったのかい」

じいちゃんが後ろから画集をのぞきこんだ。

「うん。すっごく！」

「そうか、そうか」

じいちゃんはぼくの頭をなでた。

空は川のようにうねっていて、今までぼくが見たどの空ともちがっていた。大きな月と星が描《か》かれている。

「これって月だよね？」

「ああ、満月《まんげつ》のようにも見えるけど、三日月だ」

「この木はなんていうの？」

「糸杉《いとすぎ》だな」

絵の左側《ひだりがわ》の手前にそびえ立つのは糸杉の木だという。あらあらしいタッチで描いてあったから、存在感《そんざいかん》は半端《はんぱ》なかった。糸杉の木があるから、絵はずいぶんと重苦しい雰囲気《ふんいき》になっている。

「これって教会だよね」

「そうだな」

木の後ろには静《しず》かな村があって、ひっそりと教会も建《た》っていた。

画集には何枚《なんまい》か自画像《じがぞう》ものっていた。どれもけわしい顔をしていて、中にはおたふくカゼのときみたいに、顔の横側《よこがわ》にぐるりと包帯《ほうたい》を巻《ま》いているのもあった。フィンセント・ファン・ゴッホという画家らしい。

「ゴッホは色覚障《しきかくしょう》がいだったんじゃないかという説《せつ》があるんだ」

「えっ？」

ぼくはドキンとした。

「ゴッホの色があまりにも独創的《どくそうてき》で美しいから、一部の人がそんなふうに言っているだけで、本当のところはだれにもわからないけどな」

母さんはぼくの目のことをじいちゃんたちに話しているにちがいない。

「ゴッホには他の人には見えない色が見えたのかもしれないよ。神さまがくれた色。ゴッホの目にしか見えない色が。ゴッホは自分の色を見つけただけじゃなくて、それを表現《ひょうげん》してみんなに伝《つた》えたんだ。星月夜って世界中の人が認《みと》めるすばらしい絵なんだよ」

じいちゃんはテーブルの上のガラスびんを指さした。

「このジャムのイチゴだって、ゴッホの目で見たらどんな色に見えたのかな。色っていうのは一人ひとり見え方がちがうんだ。ゴッホにはゴッホの、信太朗には信太朗の色がある」

ぼくの色……。

じいちゃんに言われて、ぼくの中にむくむくとあこがれの気持ちがわいてきた。熟《じゅく》した果物《くだもの》を見分けられないぼくの目。それでもゴッホのように、ぼくにしか見えない色があるんだろうか。

ぼくはもう一度、画集を見た。大人向けの本だったから、読めない漢字もあったけれど、それを飛《と》ばしてゆっくりと解説《かいせつ》を読んだ。オランダからフランスへ。ゴッホの人生、友人、病気、数々の作品……。

ゴッホが好《この》んで描《か》いたものの中に、ひまわりと糸杉《いとすぎ》があるという。

ばあちゃんの植物図鑑《しょくぶつずかん》を借《か》りて、花言葉を調べてみると、ひまわりは「あこがれ」「あなただけを見つめる」と書いてあった。反対に糸杉は深い悲しみやさみしさを表しているようだ。墓地《ぼち》に植えられていることが多くて、花言葉は「死」と「絶望《ぜつぼう》」だった。

ゴッホの国でも同じ花言葉があるんだろうか。だとしたら、ゴッホは何をなやんでいたんだろう。苦しいことがあったのかな。そう思ってもう一度「星月夜」の絵を見ると、糸杉の木がゆがんで見えた。もう百年以上《いじょう》も前の画家で、ぼくとは何もかもちがう。それなのに絵を見ると、どこかリンクしているように思えてきた。

ぼくの中にも、さみしさのようなものがある。それがなんなのか、今はまだはっきりとしていないし、人に伝《つた》えることもできないけれど、いつか正体を知りたいと思っている。

ゴーギャンという友人が描《か》いた「ひまわりを描くゴッホ」という作品がある。絵の中のゴッホは楽しそうに絵筆をにぎっているようにも見えるし、とてつもなく重たいものをかかえているようにも見えた。何かが欠《か》けていて、それがなんなのかさがしている。そんなゴッホのすがたが、ぼくの心に焼《や》きついて離《はな》れなかった。ぼくはゴッホのとりこになってしまったようだ。

ふと、母さんは何を思ってこの画集をながめていたのかなと思った。

7

虹《にじ》は何色《なんしょく》？

土曜日、母さんは仕事。めずらしく父さんは休みだった。父さんはテキパキと家事をこなす。食事の準備《じゅんび》も手際《てぎわ》がいい。

お昼はぼくの大好《だいす》きなトルティージャを作ってくれた。野菜《やさい》たっぷりの円《まる》いオムレツだ。細長くきざんだジャガイモとタマネギにオリーブオイルをふりかけて、こげ目がつくまで焼《や》く。そこに溶《と》いたタマゴをジュワーッと投入だ。

いいにおい。

おなかぺこぺこだ。

父さんの料理《りょうり》には、ワインビネガーやニンニクが入っていて、しゃれたおとなの味がする。決め手はローリエ。じいちゃんちで分けてもらった月桂樹《げっけいじゅ》の葉は料理に欠かせないスパイスだ。

「マリネ風サラダも作ろう。ドレッシングは信太朗《しんたろう》に任《まか》せるぞ」

「オッケー」

フライパンにふたをして、オムレツを蒸《む》し焼《や》きにしている間に、父さんは冷蔵庫《れいぞうこ》の野菜室《やさいしつ》からパプリカを、二、三個《こ》取りだすと、さくさくときざんだ。

「パプリカってさ、ピーマンなんだよね？」

調味料《ちょうみりょう》をボトルに入れて、シャカシャカとふりながらぼくが聞くと、

「まあ、そうかな」

父さんがこたえた。

「ふうん。ピーマンとは大きさがちがうよね。色はよくわからないけどさ」

父さんと二人きりという安心感から、ぼくはぽつりとつぶやいていた。

色の話になると、母さんが過剰《かじょう》に反応《はんのう》する。ぼくはいつも、わざわざ母さんをこまらせることを言わないように気をつけていたから、色は我《わ》が家《や》のNG《エヌジー》ワードみたいになっていた。父さんはぼくに気を使うわけでも、かばうわけでもなく、ただ、ふつうに接《せっ》してくれる。それが救《すく》いのようでもあったし、つまらなくも思えた。

「うまいか？」

食べながら、ぼくに聞いた。

「うん。うまいよ。父さんの料理《りょうり》は好《す》きだよ」

「ならいいじゃないか。そうだ、夕飯《ゆうはん》はパエリアにしよう」

父さんは楽しそうだった。

「来週、総合《そうごう》の学習で吉永電機《よしながでんき》の見学に行くことになっているよ」

「おっ、今年はいよいよ信太朗が来るのか」

「うん。学区にある一番大きな工場でしょ。毎年、五年生が見学に行ってるよね。空調換気扇《くうちょうかんきせん》を作っているって聞いたよ。家庭用じゃなくて、もっと大きなビルに取りつけるものなんだよね。父さんはどの部署《ぶしょ》にいるの？」

「さがしてみてくれよ」

説明《せつめい》するのはややこしいのかなと思った。

「父さんが働《はたら》いているところ、前にも見たよね、ワンダーランドで。あのショーのとき、父さんはもんくなしにカッコよかったなぁ」

「ああ、あのときな。ちょうどいいときに信太朗が見に来たんだ。悪役の日じゃなくてさ」

「悪役のときもあるんだ」

「まあな。順番《じゅんばん》に交替《こうたい》しているから」

「へえー、そうなんだね。父さんが退場《たいじょう》するときに、きみたちの幸せを守るなんて言ってたから、母さん、感激《かんげき》してたよね。自分に向かって言ってるって」

「ああ、決めゼリフだからな。でも、戦《たたか》うより、家を建《た》てるほうがいいだろ？」

「うん」

「だから、母さんと信太朗の幸せを守るために、もうひとがんばりしなくちゃなんだ」

「それで工場と遊園地で働《はたら》いているんだよね」

「そういうことだ」

「吉永電機に行くのも楽しみだよ」

ぼくは興味津々《きょうみしんしん》。仕事の話をもっと聞きたいなと思っていると、父さんはぼそっとつぶやいた。

「情熱《じょうねつ》はいらないんだ。工場で働くっていうのはな」

「えっ？」

「決められたとおりにきっちりと働く。それがモットーなんだ。とても大事なことなんだよ。ぼくは責任《せきにん》をもって仕事をしているからね」

そう言うと、父さんはトルティージャをパンにはさんだ。大きな口を開けて、がぶっとおいしそうに食べている。

「それとな、二階にゴッホの絵が展示《てんじ》されているんだ。見ごたえがあるぞ」

「わっ、ゴッホ！　楽しみだぁ」

工場よりそっちのほうが気になる。

「知ってるのか？」

「うん。じいちゃんちで画集を見たんだ。『星月夜《ほしづきよ》』とか『ひまわり』とか、いろいろのってたよ」

「そうか。有名なのはだいたいそろってるぞ」

わぁ、どんなだろう。早く見たいな。

昼食のあと、冷蔵庫《れいぞうこ》をチェックして、足りないものを書きだすと、父さんはいっしょに買い物に行こうとさそってくれた。行きたかったけれど、ぼくは宿題を片《かた》づけなきゃならなかった。

「ごめーん」

ぼくが謝《あやま》ると、

「ははは。ならジョギングがてら、となり町のスーパーまで行ってくるよ。雨もやんだことだしな」

父さんは体を動かすことが好《す》きだ。ジャージをはき、リュックを背負《せお》うと、口笛を吹《ふ》きながら部屋を出ていった。

トトトンと、階段《かいだん》をかけ下りる足音が軽《かろ》やかにひびいた。

父さんも母さんもみんなから若《わか》いねと言われていた。ぼくの両親が特別《とくべつ》に若いのだと、このごろになってわかってきた。ぼくは両親が二十歳《はたち》のときの子どもだ。参観日《さんかんび》に教室の後ろにならんでいる友達《ともだち》の父母とくらべて、雰囲気《ふんいき》がちがうなと感じたことがある。

二人とも大学を途中《とちゅう》でやめたらしい。結婚《けっこん》するときにはドラマチックな話があるなんて、ばあちゃんが言っていたけれど、両親のそういう話って、聞きたいような聞きたくないような、びみょうな感じがする。照《て》れがあって、面と向かって聞けやしないし、和美《かずみ》おばちゃんに言われたように、三人で仲良《なかよ》く暮《く》らしているんだから、わざわざ昔のことを聞く必要《ひつよう》もないと思っていた。

マイホームのために年がら年じゅう働《はたら》いている父さん。今日みたいに父さんと二人で過《す》ごすなんてめったにないことだった。新しい家が建《た》ったら犬を飼《か》う約束《やくそく》をしている。そうなったら父さんもぼくと犬の散歩《さんぽ》に行ったりしてくれるのかなぁ。

ぼくは机《つくえ》に向かって、がむしゃらに勉強をした。父さんがもどってくるまでに、どうしても終わらせたい。せっかくなら、パエリアをいっしょに作りたかった。

ようやく計算ドリルをやっつけて、一段落《いちだんらく》したとき、

「おーい。信太朗」

買い物から帰ってきた父さんによばれた。

「見に来いよ。虹《にじ》が出ているぞ」

急いで外に出ると、見事な虹だ。

「わぁ。すごいね」

思わず見とれてしまった。

「だろ。こんなにはっきりした虹はめったに出ないぞ。完璧《かんぺき》な虹だ」

父さんがはしゃいだ声を出した。

完璧な虹？

ぼくは保育園《ほいくえん》のころ、虹は七色だと先生に教わったことがある。でも、そんな虹は一度も見たことがなかった。ぼくが見る虹は、空との境目《さかいめ》、上と下の両側《りょうがわ》がなぜか暗くなっていたからだ。

虹の色は、日差《ひざ》しとか、湿度《しつど》とか、気象状況《きしょうじょうきょう》によって変《か》わるものだと思っていた。だから、全色そろって出ることがめずらしい。七色そろうのはレアだ。「完璧な虹」なんて、だれにだってそう簡単《かんたん》に見られるものじゃない。勝手にそう考えて納得《なっとく》していた。

色覚障《しきかくしょう》がいのことがわかってからは、ぼくがどんなに望《のぞ》んでも、みんなが見ているような七色の虹が見えないんだと知った。

「ねぇ、父さん、虹《にじ》って何色《なんしょく》？」

「七色だよ。上から順《じゅん》に、赤、だいだい、黄、みどり、青、あい、むらさき」

父さんは高い空を指さしながら言った。空に向かってまっすぐのびる父さんの指先を見ているうちに、ぼくは「七色の虹」がうらやましくてたまらなくなってきた。ぼくには絶対《ぜったい》に見ることができない虹だ。

「いいなぁ。父さんは完璧《かんぺき》な虹が見えるんだもんなぁ……」

口に出してみても、父さんはこたえてくれない。

ふいにせつない気持ちがこみあげてきた。

ああ、これなんだろうな。ぼくの中にある「さみしさのようなもの」って。

虹は何色かって、自分で聞いたくせに、父さんの口から七色だと言われたとたん、ぼくはがっかりしていた。なぐさめを言ってほしいわけじゃなかったし、父さんがなんとかしてくれるはずもなかった。わかっていたけれど、もっとちがう言い方をしてくれるんじゃないかと、期待していたのかもしれない。

「なぁ、信太朗、七色は七色だから仕方ないさ」

えっ、そんなにはっきり言わないでよ。

「ぼくが信太朗のことをかわいそうだと思っていたら、こんなふうに言わないさ」

父さんがぼくの顔をのぞきこんできた。

ぼくはあわてて父さんから目をそらした。もうちょっとで泣《な》きそうになっていたからだ。

「七って縁起《えんぎ》のいい数だしな。七福神とか、七人の小人とか、ラッキーセブンとかって、いろんなところで使われているんだよな。それにな、虹《にじ》は七色というのは日本の考え方で、世界にはいろんな数え方をする人たちがいるんだ」

「えっ？」

「ははは。ネットで検索《けんさく》したら書いてあったんだよ。おまえがこまったときに、何か気の利《き》いたことを言ってやれたらいいと思ってな」

リビングのパソコンの検索履歴《けんさくりれき》には、色覚障《しきかくしょう》がいや色に関《かん》するキーワードがぎっしりと残《のこ》っていた。あれは母さんだけじゃなくて、父さんも調べていたのか。ぼくもざっと読んでみたけれど、どれもわかるようなわからないような書き方がしてあって、人ごとみたいな記事ばかりだった。つまらなくなって、途中《とちゅう》でやめたから、虹のことは知らなかった。

「見る人や国の文化によって変《か》わるんだ。アフリカのある部族は八色だと思っているそうだ。色を表す言葉がなくて、二色だという人たちもいるらしいよ。六色だという国もけっこう多いしな」

「ふうん」

父さんは何が言いたいんだ？　だから七色でなくてもいいだろうって？

そういう問題じゃないよ。

それとも色の足りない虹《にじ》を受け入れろって言ってるの？

「で、信太朗にはどう見えるんだ？」

ぼくは空をあおいだ。さっき父さんが指さした七色の虹を一生懸命《いっしょうけんめい》に見つめた。

「一、二、三、四……。四色かな。いや五色だ」

「そうか、五色か」

父さんはしばらくだまって空を見ていた。

「五色じゃ、ダメなのか？」

そんなふうに聞かれても、ぼくはダメなのかどうかこたえられずにいた。でも、ここでいいよなんて言ったら、何かに負けてしまう気がする。ぼくがもし今、五色の虹でいいと言ったら、それはただの強がりなんだ。父さんにはわかってもらえないかもしれない。でも、やっぱり五色はいやだ。負けたくない。自分にうそをつきたくない。

みんなと同じように七色の虹が見えたほうがいいに決まっている。特別《とくべつ》な色なんて見えなくてもいい。じいちゃんが言っていた、ぼくだけの色？　そんなのありはしないよ。ゴッホになんか、ぼくはなれっこないんだ。

……五色の虹《にじ》なんてダメに決まっているさ。

何度も何度も、心の中でくり返した。

何か言ってよと、父さんのほうを見たけれど、いくら待っても気の利《き》いたことなんか何も言ってくれなかった。

そうしているうち、虹はだんだんうすくなって、たよりなく空の中に溶《と》けていった。


今日は工場見学に出かける日だ。ぼくは工場見学と同じくらいゴッホの絵を見ることが楽しみだった。校門のサクラはもうずいぶんと葉をしげらせている。こもれびがちろちろとゆれていて、自然《しぜん》と足取りも軽《かろ》やかになる。

教室に着くと、みんなもぼくと同じ気持ちのようだ。

「国語も算数もないなんて最高《さいこう》だな」

「帰ったら給食《きゅうしょく》だろ」

「午後はまとめだよな」

朝からうかれているみんなに、

「失礼《しつれい》のないように。礼儀正《れいぎただ》しくしてくださいね」

平林《ひらばやし》先生がクギをさした。

となりのクラスの子たちといっしょに、ぼくたちは吉永電機に向かった。

工場に着くと、げんかんで案内係《あんないがかり》の女の人が待っていた。首元にスカーフを結《むす》んで、うすい手袋《てぶくろ》をはめていた。

「よろしくお願《ねが》いします」

平林先生に言われていたとおりに、ぼくたちはきちんとあいさつをした。

「みなさんの案内をさせていただきます、木村《きむら》です。楽しみにお待ちしていましたよ」

木村さんはピンマイクをジャケットの胸元《むなもと》にとめ、肩《かた》から携帯用《けいたいよう》のスピーカーを下げている。みんなは行儀《ぎょうぎ》よく歩いた。

工場の中に入ると、働《はたら》いている人のすぐそばを通ることができた。

「働いている人に話しかけたりしないでくださいね。危険《きけん》な作業もありますから。それに動きが止まると全体に支障《ししょう》が出ますから」

木村さんは要所要所《ようしょようしょ》でぼくらに声をかけた。

働く人を間近で見た。どの人も真剣《しんけん》な様子で、見ているだけできんちょう感が伝《つた》わってくる。この前先生が教室で見せてくれた動画とは迫力《はくりょく》がちがう。

私語厳禁《しごげんきん》。正面の電光掲示板《でんこうけいじばん》に大きく映《うつ》しだされていた。私語どころか、働く人たちは声すら出さない。どの人もおそろいの作業着にぼうしをかぶって、もくもくと作業をしている。

ガッチャン、ガッチャン。大きな音がひびいている。

しばらく進むと、機械《きかい》が見えてきた。分厚《ぶあつ》い鉄板から羽根の形がぬかれ、カゴの中に積《つ》み重《かさ》ねられている。それがまたラインにのって流れていく。換気扇《かんきせん》の組み立てには、たくさんの工《こう》程《てい》があり、それぞれの部署《ぶしょ》で決められた加工《かこう》がほどこされていく。

父さんはどこにいるのかな。

さがしてみてくれと言っていたけれど、だれがだれなのか、まったくわからない。

「兄ちゃんだ」

直樹《なおき》がつぶやいた。年の離《はな》れた兄ちゃんがいるらしい。直樹が小さく手をふってもその人は顔を半分くらいこちらに向けただけだった。にこりともせず、すぐに目線をもどした。とても声なんかかけられない雰囲気《ふんいき》だ。

あっ、いたいた。ぼくは父さんのすがたをやっと見つけた。

今日、ぼくたちが見学に来ることも、すぐそばの列の中にぼくがいることも、承知《しょうち》しているはずなのに、父さんは一度もぼくのほうを見なかった。そんなことを気にしていたら、仕事にならないのはわかっている。

工場の父さんはよそよそしくて、ふだん家で見る父さんとも、ワンダーランドのヒーローショーで見た父さんとも、まるで別人《べつじん》だった。ラインの中の一部分になりきっている父さん。

思っていたのとちがいすぎた。険《けわ》しい表情《ひょうじょう》をして、機械《きかい》と向き合っている。きびきびとムダのない動きだ。そのすがたからはなんの感情も読み取れなかった。正しく安全に作業をする。工場で求《もと》められているのはそういうことなんだ。毎日、こんなふうに働《はたら》いているのか。目の前にいるのはぼくの知らない父さんだった。

ぼくがワンダーランドで見た父さんはきらびやかな衣装《いしょう》に身を包《つつ》み、にぎやかな音楽と人々の笑顔《えがお》の中心にいた。でもどこか、それはいつもの父さんのすがたと重なっていたんだ。マスクをかぶっていて顔が見えないのに、父さんは父さんらしくて堂々《どうどう》としていた。大勢《おおぜい》のお客さんの中から、ぼくを見つけて手をふってくれたとき、ほこらしさで胸《むね》がいっぱいになったのを覚《おぼ》えている。あのときの父さんはぼくにとってヒーローそのものだった。

今ぼくの目の前にいる父さんは、マスクなんかかぶっていない。それなのに素顔《すがお》が見えない。どれなんだろう。父さんの本当の顔……。

情熱《じょうねつ》はいらない。父さんがそう言ったとき、ぼくは口に出さなかったけれど、つまらないなと思っていた。でも、仕事ってそういうものかもしれない。ぼくや母さんとの生活を守るために父さんは働いている。敵《てき》と戦《たたか》うんじゃなくて、こんなふうに静《しず》かにぼくらを守ってくれている。

工場の父さんを見て、どこか納得《なっとく》のできない気持ちになった。それがなぜなのか、ぼくは考《かんが》え続《つづ》けた。マイホーム資金《しきん》のためと言っているけれど、父さんが副業《ふくぎょう》にワンダーランドを選《えら》んだのには別《べつ》の意味があったのかもしれなかった。お金のためだけじゃなくて、自分らしくいるためにヒーローショーに出ている。そんな気がしてならない。

工場内を回ったあとは、二階の会議室《かいぎしつ》で話を聞くことになっていた。階段《かいだん》を上がっていくと、部屋の前には広いスペースがあった。吉永電機の歴史《れきし》と書かれ、写真や機械《きかい》が展示《てんじ》されている。


いよいよだ。待ちに待ったゴッホが近づいてきた。

ぼくの胸《むね》はときめいた。

わわわっ、すっごい！

かべにずらりとかざってあるのは、全部ゴッホ！

「社長の趣味《しゅみ》なんですよ。ここに世界の名画をかざりたいと言って。最初《さいしょ》に入手したのがこれです。レプリカですけどね、クオリティは高いです」

そう言って木村さんは、ひまわりの絵を指さした。

「これが有名なゴッホの『ひまわり』ですね」

平林先生が言うと、木村さんが説明《せつめい》した。

「ええ。ひまわりの絵は何点かあるようですが、これが原点になる一枚《まい》らしいです」

「はなやかな絵ですね」

「そうでしょう。社長、すっかりゴッホがお気に入りになっちゃって、何年もかけて少しずつ集めているんですよ。レプリカといっても、リアルに再現《さいげん》されているし、額《がく》もいいものを使っていて、けっこうなおねだんを出しているみたいですよ」

木村さんの話にうなずきながら、先生はぼくたちのほうをふり返ると、にこやかに言った。

「みなさん、ゆっくり見てください。お手洗《てあら》いもどうぞ」

そのひと言で、ぼくは足を進めた。

父さんに聞いていたとおりだ。いや、予想以上《よそういじょう》だった。

「アルルの跳ね橋《はばし》」、「種《たね》をまく人」、「糸杉《いとすぎ》と星の見える道」、「夜のカフェテラス」……、「ゴーギャンの肘掛《ひじか》け椅子《いす》」も「オーヴェルの教会」もある。それに自画像《じがぞう》も数点。

どこだ、どこだ。

ぼくはあの絵をさがした。

あった！

「星月夜」。

じいちゃんちの画集にのっていたあの絵だ。レプリカでも、今のぼくにとっては十分に美しかった。第一、大きさがちがう。原寸大《げんすんだい》の「星月夜」に、ぼくは圧倒《あっとう》された。プレートにはF《エフ》30号と書かれている。だいたい縦《たて》七十センチ、横九十センチくらいだろうか。

筆のあとがうねうねとつけられた夜空。じっと見ていると、すいこまれそうな気さえする。このうず巻《ま》きは、もしかしたら見えるはずのないものかもしれない。ゴッホの心の中にある風《ふう》景《けい》にちがいない。

ちりばめられた星たち。大きな三日月。そして何よりも迫力《はくりょく》のある糸杉《いとすぎ》の木。

ぼくは食い入るように見た。

「変《か》わった絵だな」

となりで直樹が言った。

「大きな川みたいじゃないか。これって空なのか？」

「うん。星月夜だからね。夜の空だよ」

「へぇー、空なんだ。それにしてもでっかい星だよな。こんな空、見たことないや」

直樹が不思議《ふしぎ》そうに言ったから、何か話したいなと思ったけれど、ぼくだって人に言えるほど、ゴッホのことをくわしく知っているわけじゃなかった。

「ぼくの好《す》きな絵なんだ」

色の見え方は人によってちがう。じいちゃんの言葉を思いだした。今、直樹が見ている「星月夜」は、ぼくが見ているのとはちがうんだ。同じ絵を見ているはずなのに、まったく別《べつ》の色、別の絵かもしれない。

「この自画像《じがぞう》、なんかへんだぞ」

直樹が包帯《ほうたい》を巻《ま》いたゴッホの顔の前で立ち止まった。

「ああ、それ、耳を切り取ってしまったんだ。カミソリで」

ぼくは画集の解説《かいせつ》に書いてあったことを話した。

「うっ、うそだろ」

直樹は両手で耳をおさえた。

「自分で切り取ったんだって」

「なんで？」

「病気のせいかもしれないよ。苦しかったんだよ、きっと」

ゴッホは苦しかった。

何も知らないけれど、ぼくはそう言った。自分で自分を傷《きず》つけるなんて、よっぽどつらいことがあったんだと思う。

「おい、今の話は本当か？」

郁人《いくと》に聞かれて、ぼくは首をたてにふった。

「うわぁ、痛《いた》そうだなぁ」

だんだんみんなが集まってきた。

あっ、いらないことを言ったかも。ゴッホは耳を切った人だなんて、そんなことだけ有名になったらゴッホに悪いな。

「こんなところでゆっくり名画鑑賞《めいがかんしょう》できるなんて最高《さいこう》ですね」

そう言いながら、平林先生がぼくに近づいてきた。

「信太朗くんはゴッホが好《す》きなんですか」

「はい」

「耳の話なんてよく知ってましたね」

「画集を見たんです」

「そうでしたか」

先生は、「雨の麦畑」を見ながらつぶやいた。

「南フランスのプロヴァンスでゴッホは療養《りょうよう》していたらしいですね。どんなところだったんでしょう」

その絵はゴッホが療養所の窓《まど》から見て描《か》いたのだろうか。おだやかな風景《ふうけい》なのに、雨の冷《つめ》たさが伝《つた》わってくる気がした。

「さがしていたんだと思いますよ。ゴッホも。ぼくの憶測《おくそく》ですけどね、画家は絵を描《か》きながら、自分さがしをしているんじゃないかな」

自分さがし？

「描くことで自分をさがしているんでしょうね。だけど、いつだって思ったとおりにすいすいと描けるわけじゃない。だからまた描くんですよね」

先生の言葉に母さんの絵本を思いだした。あの絵本に出てきたふきげんそうなおじいさんは、「ララが見つからないから小説《しょうせつ》を書いている」と言っていたんだっけ。

ぼくはもう一度、「星月夜」を見た。この絵も療養中《りょうようちゅう》に描いたものだ。最初《さいしょ》は空ばかりに気を取られていたけど、絵の手前、半分近くを占《し》めているのは、夜の村と糸杉《いとすぎ》の木だ。

ああ、ゴッホはなんでここに糸杉の木を描いたんだろう。

力強い筆のあとを見ると、まるで何かに挑《いど》んでいるみたいだ。糸杉の木は、必死《ひっし》にうでをのばして天に向かおうとしている。でもその行き先は決して明るいところじゃない。「死」と「絶望《ぜつぼう》」という花言葉をゴッホは意識《いしき》していたのだろうか。

暗やみの世界はさみしくておそろしい。背筋《せすじ》がぞぞっとしたけれど、ぼくはそのやみから目をそらすことができなかった。

8 一輪車《いちりんしゃ》ブーム

次の日、朝の会で先生が話した。

「昨日《きのう》、見学した吉永電機《よしながでんき》でおうちの人が働《はたら》いている人、いましたよね」

ぼくの他にも三人ほど手を挙《あ》げた。地元の若《わか》い人たちが大勢働《おおぜいはたら》いているという話を工場の二階で聞いてきたばかりだった。

「どう思いましたか？」

聞かれて、直樹《なおき》が口を開いた。

「ぼくの兄ちゃんが働いているんだ。家にいるときはふざけてばっかりで、ぼくにプロレス技《わざ》とかかけてくるくせに、工場の兄ちゃんは真剣《しんけん》な顔してて、びっくりしちゃった。社長さんがチームワークが大事って言ってたけど、そのとおりだなって」

直樹は兄ちゃんの働くすがたを見て感動したらしい。ふだんとのギャップにおどろいたのはぼくも同じだ。

「そうですか。ちゃんと伝《つた》えてあげましたか？」

「もちろん！　兄ちゃんの仕事しているとこ、見とれちゃったぁって。ぼくのじまんの兄ちゃんだって言ったんだ。そしたら、もうすぐボーナスが出るから、焼《や》き肉《にく》をおごってくれるって」

無邪気《むじゃき》に言う直樹はあまえんぼの弟の顔だった。

「まだ話していない人もいるでしょう」

「だって照《て》れるよ、そんなことを言うの」

「言いそびれちゃった」

他の子がこたえていた。

「いやいや、伝えてあげてください。きっと喜《よろこ》ばれますよ。はずかしいのはわかりますけど、ぼくみたいに、あとから言えばよかったと思ってもおそいですよ」

先生に言われて、ぼくも父さんに言わなきゃと思った。

お昼休みのことだった。大勢《おおぜい》の子が低学年用《ていがくねんよう》の鉄棒《てつぼう》の近くに集まってさわいでいた。

行ってみると、平林《ひらばやし》先生が一輪車《いちりんしゃ》にまたがっていた。みんなに見守られて練習をしているのだという。

「がんばって！」

直樹に言われて、先生は前にこぎだそうとして転んだ。

「ああ！　バランスだよ、バランス」

友行《ともゆき》が一生懸命《いっしょうけんめい》に声をかけている。

先生は起き上がって一輪車《いちりんしゃ》をつかんだ。今度は片手《かたて》で鉄棒《てつぼう》につかまり、もう一方の手を宙《ちゅう》にうかせてバランスを取りながら、少しずつ前進した。

その様子を見ていた女子のだれかが、

「なんか、先生ってしょぼい」

そんなことを言いだした。

「うん、さえないよね」

「子どもに教えてもらって練習するなんて」

何人かが口々に言いながら、教室にもどっていった。

「鉄棒から手を離《はな》すのに勇気《ゆうき》がいるんだよな」

郁人《いくと》も先生と同じような体勢《たいせい》で、一輪車にまたがって、鉄棒にしがみついていた。

「自転車とちがって、つかまるとこがないだろ。だから初《はじ》めの一歩をふみだすのがこわいんだよなぁ」

郁人は鉄棒《てつぼう》をにぎる手にぎゅっと力を入れていた。

「信太朗《しんたろう》もいっしょに練習しようよ」

「う、うん」

「なっ、今度こそ本気を出さないか」

郁人はぼくが乗れないことを知っていた。三年生のとき、一輪車《いちりんしゃ》ブームが起こって、みんなが夢中《むちゅう》になっていたのに、ぼくも郁人もその本気が足りなかったんだ。

「ぜひ、いっしょに」

平林先生があせだくの顔をぼくに向けた。その顔を見たら断《ことわ》れなくて、ぼくは体育倉庫《たいいくそうこ》へ一輪車を取りに行った。

あっ、すごい。もうあそこまで行けるなんて。

もどってくると、友行と直樹が両側《りょうがわ》で支《ささ》えて、先生を運動場の真ん中に連《つ》れていくのが見えた。二人に手を引かれて、先生はゆっくりゆっくりペダルをこいでいく。

ぼくはおっかなびっくりだった。郁人のように片手《かたて》で進もうと思っていても、体をねじって両方の手で鉄棒をつかんでいないと転んでしまう。一輪車にすわるということがわからなかった。それでも何度かくり返しているうちに、安定してサドルにおしりをのせることができるようになってきて、片手を離《はな》しても平気になった。

その日の五時間目は国語だった。授業《じゅぎょう》の後半、漢字の書き取りをしていると、友行が後ろを向いた。体をひねって、ぼくの机《つくえ》に手をかけた。

「おい、消しゴム、貸《か》してくれ」

「あー、今日は忘《わす》れてきた」

ぼくはめんどくさくて適当《てきとう》に返事をすると、今度は浩美《ひろみ》に消しゴムを貸せと言っている。

「いやだ。自分のを使えばいいじゃない」

浩美がはっきり断《ことわ》ると、

「なんだよ、おまえ、一輪車《いちりんしゃ》に乗れないくせに」

友行がだしぬけにそんなことを言った。

「乗ってるとこ、一回も見たことないぞ」

「今、一輪車なんて関係《かんけい》ない！」

浩美はおこって、鉛筆《えんぴつ》の先を友行に向けた。

「ギャッ！」

友行が手の甲《こう》をおさえている。

びっくりした先生が、そばに来て友行の手を見ると、手の甲に黒いすじが一本ついていた。

鉛筆《えんぴつ》の芯《しん》がささったわけではなく、かすった跡《あと》のようだ。

たまたま鉛筆をにぎっていたからだと思うけれど、それで友行に反撃《はんげき》するなんて、よっぽど腹《はら》にすえかねたらしい。

浩美にはプライドがある。足も速いし、スポーツが得意《とくい》なのに、一輪車《いちりんしゃ》に乗れないなんて、かくしておきたかったにちがいない。今さら一輪車に乗れないカッコ悪い自分を人に見せられない。浩美の気持ちがわかるから、ぼくにはかける言葉が見つからなかった。

先生が話を聞こうとすると、浩美はぐっとくちびるをかんだ。

「私《わたし》、謝《あやま》りたくない」

ただ一言そう言った。

「いいよ。謝ってくれなくていい」

友行はすました顔をして前を向いていた。自分が地雷《じらい》をふんでしまったことをどう思っているんだろう。友行は去年も浩美と同じクラスだったみたいだけれど、浩美が一輪車に乗れないことなんかよく知っていたなと思った。

友行ってけっこう人のことを見ているんだ。それをだまっていれば文句《もんく》はない。この間郁人と席《せき》を替《か》わったのはいいことだと思ったけれど、今浩美に言った言葉はどうなんだ？　ぼくに「チョコレートを食べたのか」って言ったのだって、他の子は気づかないようなささいなことをわざわざ声に出して言わなくてもよかったんだ。いらないひと言が口から出てしまうのが友行の欠点《けってん》だ。浩美が一輪車《いちりんしゃ》に乗れないなんて、友行が言わなきゃ、みんなは気づかないまま過《す》ぎていったのに。

「明日から、いっしょに練習しませんか」

平林先生が言ったけれど、浩美は返事をしなかった。

ただ、ぽつんと一つ、くやしなみだをノートに落とした。

ぼくは郁人にさそわれて、毎日一輪車の練習を続《つづ》けた。なんといっても担任《たんにん》の平林先生が練習しているんだから、クラスの中は第二次一輪車ブームという感じになった。みんなけっこう気合を入れて練習している。乗れないままだと悪目立ちしそうで、ぼくはあせった。でも浩美はやっぱり練習には来なかった。

「今度こそ本気だ」というのが合い言葉みたいになっていて、ぼくは一週間もすると、鉄棒《てつぼう》から離《はな》れて数歩こぎだせるようになった。

えっ、うそだろ！

目の前を浩美が一輪車に乗ってすいすいと通っていった。ぐるりと運動場を回ってもどってくると、キュッとぼくたちの目の前で止まった。

「一輪車《いちりんしゃ》を買ってもらって家で猛特訓《もうとっくん》したの」

得意《とくい》そうに言った。

「あー、白鳥は優雅《ゆうが》に見せて水の中ではバタバタもがいてるってことか」

郁人が感心したように言うと、

「そう、それ！」

ツインテールをぴょんぴょんゆらしながら、浩美はまたこぎだしていった。

さすが浩美だ。友行に言われたことがよっぽどくやしかったんだな。

郁人と二人で、ぽかんと見とれてしまった。ぼくはそのときまで、乗れなくてもいいやとまだどこかで思っていた。でも、浩美のすがたを目で追っているうちに、どうしても乗りたい気持ちに変《か》わっていった。

「おい、おれの肩《かた》につかまっていいぞ」

友行が声をかけてきた。さっきの浩美を思うと、背《せ》に腹《はら》は代えられない。

「たのむ」

友行の肩に手をのせた。友行はぼくより背も低いし、やせっぽちで、たよりないように見えた。それなのに、肩につかまると、ぼくはすうっと前に進むことができた。

「力を入れるなよ」

「うん」

「いいか、一、二……」

右手は友行の肩《かた》、左手で宙《ちゅう》をかいて、ぼくは進んだ。

「顔を上げてみろ」

言われて、前を向くと、さつきたちが二人組になって手をつないでくるくると回っているのが見えた。風車だ。あんなふうに乗りたいなぁと思った。

「信太朗、うまいじゃないか。あとちょっとで乗れるようになるぞ」

「本当に？」

「ああ。おれが手伝《てつだ》ってやってるんだからな」

その自信《じしん》はどこからくるのか知らないけれど、気がついたら、友行の肩につかまって、運動場を半周《はんしゅう》していた。

クラスの子たちは、次々と乗れるようになっていったし、おたがいに手を貸《か》し合《あ》って練習もした。友行も直樹も毎日みんなの練習につき合っていて、いい感じにアドバイスをしてくれた。

「みんなで手をつないでみましょう」

先生にさそわれて、ぼくたちは横にならんだ。

よーい、スタート。

一、二、一、二。
声をそろえてペダルをこいだ。

歩いている子の肩《かた》につかまるんじゃなくて、一輪車《いちりんしゃ》に乗った子どうしで手をつなぐと、最初《さいしょ》はバランスが取れなくてうまく進めなかった。すぐに手が離《はな》れて転んでしまう。

あー、置《お》いていかれちゃった。

あせって体勢《たいせい》を立て直していると、友行がもどってきてくれた。

「おい、信太朗、あせるなよ。こぎだすときはぐらぐらするけど、強気で進むんだ」

強気か。よし、がんばるぞ。

ぼくは友行と手をつないで、いっしょにこぎだした。
一、二、一、二。
今度はすいすいと進んで、直樹たちと合流できた。

途中《とちゅう》でちぎれたり、転んだり、また起き上がったり……。そんなことをしているうちに、ぼくは自立できるようになった。一人で運動場一周《いっしゅう》に成功《せいこう》したとき、

「うおー、乗れたぁ！」

思わずさけんでしまった。

友行のほうを見ると、親指をつきだして、グッドの合図を送ってくれた。ありがとうと言う

のが照《て》れくさくて、ぼくはそのまま運動場を回《まわ》り続《つづ》けた。

そのあとすぐに、先生も郁人も一人で乗れるようになった。

「ぼくもとうとう一輪車《いちりんしゃ》に乗ることができました」

平林先生はクラスのみんなに感謝《かんしゃ》の気持ちを伝《つた》えていた。

「子どものころからずっとかかえていた苦手を、みなさんのおかげで克服《こくふく》することができたんですよ。本当にうれしいです。手伝《てつだ》ってくれてありがとう。ありがとう」

声が少しだけふるえていた。

それを聞いた郁人が、

「一輪車の練習をしなかったら、ぼくは友行や直樹とこんなに仲良《なかよ》くなれなかったと思う」

と言いだした。

「友行には席《せき》も替《か》わってもらったしさ。借《か》りができちゃったよ。こまったな」

そんなふうに言いながらも、郁人はうれしそうだった。

弱みを人に見せていい。先生にそんなことを言われたように思えた。一輪車に乗れないから手伝ってほしいなんて、担任《たんにん》の先生がクラスの子に言うんだもんなぁ。みんなも一生懸命《いっしょうけんめい》に応《おう》援《えん》したくなっちゃうよ。おかげでぼくも一輪車に乗れるようになったし、友行のことも少しだけ、見直したんだ。

夜、母さんのところに和美《かずみ》おばちゃんから電話がかかってきた。

足をねんざしたから、サブの散歩《さんぽ》をぼくにたのみたいという。

土曜日、ぼくは早起きすると、はりきっておばちゃんの家に行った。和美おばちゃんと二人で何度も散歩に行っていたから、一人でも行けると思った。

おばちゃんは、げんかんでぼくを待っていて、心配そうに言った。

「信ちゃん、一人で大丈夫《だいじょうぶ》？」

「大船に乗ったつもりで！」

ぼくはこたえた。

「いつもの散歩コースでいいよね？」

「ええ、ＳＬ《エスエル》公園の池のまわりをくるりと一周《いっしゅう》ね」

「わかった」

「サブ、信ちゃんの言うことを聞くのよ」

おばちゃんは何度もサブの体をさすっている。サブは耳をぴんと立てて、出かける気まんまんの様子だった。

「行こう！」

リードを持つと、サブはぼくについてきた。軽快《けいかい》に走る。

こいつ、ぼくと同じで、はりきってるな。いつもより足が速いじゃん。

近くのSL《エスエル》公園までひとっ走り。機関車《きかんしゃ》の横を通りすぎると、池のまわりにはすずしい風が吹《ふ》いていた。サブは植えこみのツツジの間に入ってにおいをかいでいる。見上げると、大きなシダレヤナギの木がふさふさとゆれていた。公園にはいろいろな木があった。ケヤキもあったし、じいちゃんちで見たコデマリ、クチナシやムクゲ、カエデやシイ……。植物の名前がすいすいと出てくる。ぼくって天才かも。うきうきした気分で、そんなことを思ったりした。

散歩《さんぽ》からもどると、おばちゃんはやっぱりげんかんにいた。一瞬《いっしゅん》、母さんかと思った。母さんがぼくを心配するみたいに、おばちゃんはぼくとサブのことを待っていたみたいだ。

「はい、おみやげ」

サブのウンチが入ったふくろを手渡《てわた》すと、おばちゃんは大きな口を開けて笑《わら》った。

「信ちゃん、ありがとうね。アイスクリームがあるから、食べていって」

「では、えんりょなく」

家に入って、アイスを食べてから、

「明日も来るよ。任《まか》せてね」

サブと約束《やくそく》した。

9

背《せ》ののびる薬草がほしい!?

空はピカッと晴れている。さわやかな五月の空だ。朝早くサブの散歩《さんぽ》をすませてから、ぼくはじいちゃんちに向かった。

じいちゃん、もう畑に出ているだろうな。

しばらく自転車を走らせていると、

「おーい、信太朗《しんたろう》、どこに行くんだぁ」

後ろから声がした。

この声は、まさか……。

おどろいてふり返った。

やっぱり友行《ともゆき》だ。

交差点《こうさてん》で自転車から降《お》りると、友行がぼくのとなりにならんだ。

「もしかして、じいちゃんち？」

「う、うん」

「やった。ラッキー。ついていってもいいだろ」

キラッキラの目をして聞いてくる。

始業式の日にたのまれたのに、もうずいぶんと日にちが過《す》ぎてしまった。

「おまえ、ちっともさそってくれないからさ、待ちくたびれたよ」

まだぼくは返事をしていないのに、

「サンキュ！　恩《おん》に着るぜ」

友行はぼくの手をぎゅっとにぎって、めちゃくちゃに力を入れた。

一輪車《いちりんしゃ》の練習をしているときも思ったけれど、ガサガサした手だ。

そのとき信号《しんごう》が変《か》わった。

「行こう、行こう」

カッコウの音に合わせて、友行はぼくを追いかけてくる。こうなったらいっしょに行くしかないと思った。

自転車をこぎ続《つづ》けると、じっとりと汗《あせ》をかいた。風がシャツの中をぬけていく。

カササギ山に向かう坂にさしかかった。

「ここからはずっと上り道なんだ」

重たいペダルを、よいしょ、よいしょとふんで、ぼくたちは進んだ。

「ちょ、ちょっと待ってくれ。限界《げんかい》だぁ」

友行が自転車を降《お》りると、ぼくもならんで自転車をおして歩いた。

「知ってる？　カササギ山には伝説《でんせつ》のヒカリゴケというものがあるらしいんだ」

「へぇー。見たことないや」

友行が言うから、ぼくはじいちゃんに聞いたまんまの説明をした。

「月明かりに反射《はんしゃ》して光るらしいよ。大みそかに登山する人たちは、それが目当てらしいけど、よほど運がよくないと見ることができないんだって」

「おまえ、見たのか？」

「ううん。見てないんだ。ぼくも去年の大みそかにじいちゃんとカササギ山に登ったんだけど」

「そっか。じゃ今年はおれも行くよ。よんでくれよ」

「わかった」

軽く返事をしてから、ぼくはしまったと思った。友行っていつのまにかずけずけとぼくの中に入ってくるんだ。

しばらく行くと、畑に人かげが見えた。じいちゃんだ。

自転車を畑の入り口に止めて、二人でじいちゃんのほうへ歩いていった。

「おーい」

ぼくが手をふると、

「おう。待ってたぞ」

じいちゃんは脚立《きゃたつ》に乗って、何やら作業をしていた。長い柄《え》のついたハサミで、バッサ、バッサと木の枝《えだ》を切り落としている。

「月桂樹《げっけいじゅ》の剪定《せんてい》だよ。ちょうど今、終わったところだ」

畑の横に月桂樹の木が三本ほど植えてあった。背《せ》が高くて脚立がなかったら、とても上まで手が届《とど》かない。この月桂樹の葉をかんそうさせたものがローリエだ。じいちゃんちでは、料理《りょうり》の他にも衣類《いるい》やお米の虫よけとして使っているという。

「月桂樹はのびる力が強いからな、年に数回、こうして剪定をして風通しをよくするんだ」

じいちゃんは脚立から下りて、ハサミにカバーをかけた。

「この子、友行。じいちゃんに会いたいって言うから連《つ》れてきたんだ」

紹介《しょうかい》すると、

「こ、こんにちは」

きんちょうした友行なんて、ふだんなかなか見られない。

「信太朗の友達《ともだち》か。よう来た、よう来た」

じいちゃんは笑顔《えがお》で友行に言った。母さんの車で来たら、他の子を連《つ》れてくることなんてできない。今日はたまたま友行がついてきたけれど、自転車って自由でいいんだよなぁと思った。

「今日はこれから何をするの？」

ぼくが聞くと、じいちゃんはすぐ横の農作業用の一輪車《いちりんしゃ》を指さした。

「これだよ」

平たい木の箱が一輪車にのせてあった。箱の中には十四、五センチほどの苗木《なえぎ》がならんでいる。

「クコの苗だよ。去年種《たね》をまいて苗木が育ったからな、これから畑に植えるところさ」

「手伝《てつだ》っていい？」

ぼくが聞くと、友行もうでまくりをした。

「助かるな」

ぼくたちは、じいちゃんが作った穴《あな》に肥料《ひりょう》の油かすを入れて、クコの苗を植えた。

しばらく作業をしていると、ばあちゃんがやってきた。

「ちょっと休憩《きゅうけい》してくださいな」

月桂樹《げっけいじゅ》の木のとなりに東屋《あずまや》がこしらえてある。ばあちゃんはふわりとテーブルクロスを広げると、バスケットから、手際《てぎわ》よくお茶やおやつを取りだしてならべた。

畑仕事の楽しみの一つにばあちゃんの手作りおやつがある。それにじまんのハーブを摘《つ》んでいれてくれるお茶も。しゃれたガラスのポットにリンデンだのペパーミントだのと言って、畑から採《と》ってきたハーブを入れてお湯を注ぐ。ハーブの種類《しゅるい》ならぼくも少しは覚《おぼ》えたし、においのちがいもわかる。

「今日は純和風《じゅんわふう》よ。お口に合うかしら」

そう言って、ぼくらに熱《あつ》いドクダミのお茶とよもぎだんごをすすめてくれた。くしにさしただんごの上に、あんこがたっぷりとのせてある。

「うんまい！」

「だろ！」

ぼくらは口いっぱいによもぎだんごをほおばった。ばあちゃんの作っただんごは、よもぎの香《かお》りがぎゅっと濃縮《のうしゅく》されている。

「ほほほ。この春一番のよもぎなの。少しの間、お日さまに干《は》してから使うと香りが増《ま》すのよ」

ばあちゃんは、そういうところにひと手間かけているんだ。

ドクダミの葉を干《ほ》したお茶は麦茶に似《に》ているけれど、独特《どくとく》のにおいがした。

「このお茶を飲むと健康《けんこう》でいられるのよ」

ばあちゃんが言うと、

「そうかぁ。だから信太朗のじいちゃん、ばあちゃんは元気なんだ。いいなぁ」

友行はうらやましそうに言った。じいちゃんもばあちゃんも元気なのが当たり前だと思っていたから、友行に言われて、えっと思った。

「そういえばさ、友行はじいちゃんにどんな用事があるんだ」

「うん。おれ聞きたいことがあったんだ」

「なんでも言ってごらん」

じいちゃんにうながされて、友行は話した。

「おれ、大きくなりたくて。だから、その、背《せ》がのびる薬草とか、早くおとなになれる方法《ほうほう》はないのかなって」

その顔は真剣《しんけん》そのもので、ぼくはおどろいた。

弱点を言うなんてダサいとか、なかなか言えやしないなんて言ってたよな。

それなのに、友行は言いにくいことを平気で話している。早く大きくなりたいだなんて、よ

くためらいもせずに言えるなぁと思った。自己紹介《じこしょうかい》のとき、「将来《しょうらい》ビッグになる」と言ってい
たっけ。あれは仕事で成功《せいこう》することだけじゃなくて、身長のことも考えていたのか？　学校
じゃ、声も態度《たいど》もでかい元気印《げんきじるし》の友行が、そんなことを気にしていたなんて知らなかった。

友行が何か言ってくれって顔をして、もじもじしながらぼくのほうを見た。

「だって、信太朗が、ぼくのじいちゃんは薬草博士《やくそうはかせ》だ、なんでも聞いてって言ってたから」

「うーん」

じいちゃんは考えこんでしまった。

「きみはどうして急いで大きくなりたいんだ？　時期がくれば自然《しぜん》に大きくなれるんだよ」

「やっぱりそうかぁ、そうだよなぁ……」

「何かわけがあるんだね」

「うん。早く大きくなりたいんだ。早く大きくなって母さんを助けなきゃ」

母さんを助けたいってどういうことだ？　家で何かあったんだろうか？

ぼくは友行のことなんて何も知らなかった。聞いてみようかなと思っていると、

「助けることなんていくらでもありますよ。小さいときは小さいなりに、今は今で。ほら、これも飲んでみて」

ばあちゃんはグラスをならべると、水筒《すいとう》から冷《つめ》たいハーブティを注いだ。水滴《すいてき》が伝《つた》ってグラ

ス の外側《そとがわ》をつうっと流れていった。今日のハーブはカモミールとレモングラス。さわやかな香《かお》りがする。友行もぼくもごくごくと飲《の》み干《ほ》した。

「うちの父さんも母さんも背《せ》が低《ひく》いんだ。だからおれも、あんまりのびないんじゃないかって、その……」

「心配しなくていいよ。さがしておくから。背ののびる薬草、あるかもしれんな」

じいちゃんは、友行の願《ねが》いをかなえてやりたいと思ったみたいだった。

「本当？　ありがとうございます！」

友行はすっごくうれしがっていた。じいちゃんったら、いいのかな、そんな安うけ合いしちゃって。背ののびる薬草があるとは思えないよ。

ぼくは心配になった。

「おだんご、もう一つ、食べて」

ばあちゃんにすすめられて、友行はうれしそうに手をのばした。なやみごとを打ち明けて、ほっとしたのかもしれない。あんこを口のまわりにつけた間のぬけた顔。無邪気《むじゃき》なやつだ。

「今日植えたクコってどんな実？」

友行に聞かれると、

「来年には実をつけるはずだから、見においで。クコは生長が早いんだよ」

「わっ、来年？　そんなに早く大きくなるんだ」

「そうだよ。クコは血圧《けつあつ》を整える。代謝《たいしゃ》をよくするし、抗酸化作用《こうさんかさよう》もあるんだ。ほれ、杏仁豆腐《あんにんどうふ》にのってるの、見たことあるだろ」

じいちゃんはこたえた。

「あーあ、知ってる、知ってる。あの小さくて赤いやつ」

「そうだ。干《ほ》して使うんだよ」

「杏仁豆腐って真っ白だから、赤い実をのせたらきれいだよね」

二人が話しているのを聞いても、ぼくはピンとこなかった。

「杏仁豆腐にのっているクコの実をきれいだなんて思ったことないよ。もしそこに干しブドウがのせてあったとしても、ぼくはちがいに気づかないんだよな」

つい、そんなことを話してしまった。

「へっ？　どういうことだよ、信太朗」

友行が不思議《ふしぎ》そうに聞き返してきた。

「うん。ぼくね、クコの実が友行とはちがう色に見えてるんだと思う。他にもいろいろあるんだけどさ」

なんで友行にこんなことを話したくなったんだろう。友行が背《せ》のことを言いだして、自分の弱点を見せてきたせいだろうか。じいちゃんちにいるぼくは、ふだん家や学校にいるぼくより、素直《すなお》になれるのかもしれなかった。

少しの間、友行は何かをじっと考えているようだった。

「それってもしかして、先生が話してた色覚障《しきかくしょう》がいのことか？」

「そうだよ」

ぼくがこたえると、

「信太朗、おまえ……」

友行は気づかうようにぼくを見た。

平林《ひらばやし》先生が自分のお父さんのことをみんなに話してくれたおかげで、色覚障がいのことを友行に一から説明《せつめい》しなくても通じるんだ。先生に背中《せなか》をおされた気がした。

ぼくは「あのこと」を思いだしていた。今さらほじくり返すのがいいのかどうかもわからない。友行がどんな反応《はんのう》をするのか知りたいような知りたくないような気がした。今言わなかったら、もう言うチャンスなんてこないかもしれない。このまま何ごともなく過《す》ぎていくと思う。少しずつ記憶《きおく》が薄《うす》れて、忘《わす》れていくのならそれでいい。

本当に？　忘れられるのか？

なかったことになんかできないぞ。

考えてみれば、もう三年も前のことなのに、ぼくの心にはまだ引っかかっていた。このままだまっていたら、忘《わす》れることなんてできやしない。

ふと顔を上げると、目の前には剪定《せんてい》したばかりの月桂樹《げっけいじゅ》の木が立っている。余分《よぶん》な葉を落として身軽になり、枝《えだ》と枝のすき間から空が見えた。そこから新しい風が次々と生まれて、葉をゆらしては通りぬけていく。

どうしたらぼくは納得《なっとく》がいくんだろう。心が軽くなるんだろう。忘れたふりをしてごまかしたって解決《かいけつ》しない。友行に色覚障《しきかくしょう》がいのことを打ち明けただけで満足《まんぞく》してたらなんにも変《か》わらない。もやもやの中からぬけだしたい。風通しをよくして心を解放したい。

すうっと大きく息を吸《す》うと、風はどこかミントのようなにおいがした。

五月のにおいだ。

心にふたをしちゃいけない。言わなきゃ。

ぼくは静《しず》かに口を開いた。

「二年生のとき、いっしょのクラスだっただろ」

「うん」

「あのとき友行に言われて傷《きず》ついたことがあるんだ」

「なんだよ」

友行はしんみょうな顔になった。

「みんなで顔の絵を描《か》いて、ぼくがくちびるの色をまちがえてぬってたんだ。そしたら、友行がチョコレートを食べたのかって笑《わら》ったんだよな」

「えーっ、おれ、そんなこと言ったんだ。ぜんぜん覚《おぼ》えてないよ」

「やっぱりな」

軽いノリで言ったんだろうな。いつもの調子で。

「……ごめん。何も知らなくて」

「いいよ、もう。忘《わす》れているだろうと思ったけどさ、どうしても言いたかったんだ。言ったらすっきりするかなと思って」

「悪かったよ。ごめんな、信太朗」

あっさり謝《あやま》られると、今までこだわっていた自分がばかばかしく思えてきた。そんなこと、もうどうでもいいやと、心が軽くなっていく。長いことわだかまっていた気持ちが外に出ていくと、ぼくはただ意地になっていたんだと気がついた。友行と親しくなりたくない。一人で決めて、一人で意地を張《は》っていた。そういう自分も消えていく。

今さら、許《ゆる》すも許さないもない。話せてよかった。それだけだ。

不思議《ふしぎ》なことに、ぜったいに知られたくないと思っていたぼくの弱みを、友行に知られたのに、いやな気持ちがしなかった。それどころか、ぼくは安心感みたいなものに包《つつ》まれていた。

友行はぼくの目のことを教室で言いふらしたりするんだろうか。ぼくが自分から打ち明けたんだから、話されてもたぶん平気だけれど、わざわざそんなことはしない気がする。

それにしても、ぼくが色覚障《しきかくしょう》がいのことをクラスで最初《さいしょ》に話した相手が友行だなんてなぁ。

「なぁ、すっきりしたのか？」

友行がおそるおそるぼくに聞いた。

「うん」

ぼくは笑顔《えがお》でこたえていた。

「ひゃぁー、よかったぁ」

友行がすっとんきょうな声を出したから、ぼくはもう、声を立てて笑《わら》ってしまった。


次の日の夕方、学校から帰ると、サブの散歩《さんぽ》に出かけた。SL《エスエル》公園の近くまで来たとき、友行が通りかかった。ぼくが手を挙《あ》げると、友行は近寄《ちかよ》ってきて自転車を止めた。自転車のカゴにエコバッグなんか入れていて、ホウレンソウが顔を出している。

「お使いか？」

「まあな」

友行は自転車を降《お》りてサブに近づいてきた。サブはくんくんと友行の足元のにおいをかいでいる。

「さわってもいい？」

「うん」

友行がなでると、サブはすぐにねっころがってお腹《なか》を見せた。ふだんのきりっとしたすがたとはまるでちがって、あまえんぼうのサブになった。サブには友行が悪いやつじゃないってわかったんだろうか。ぼくの気持ちが伝染《でんせん》しているのかな。

「名前は？」

「サブだよ」

「そうか、サブか。よしよし」

目を細めて、両手でサブのわき腹《ばら》をくすぐる友行。犬好《いぬず》きなのがすぐにわかった。

「信太朗の犬？」

「いーや。ちょっとな。おばちゃんにたのまれて散歩《さんぽ》だけしているんだ」

「そっか」

「うちはアパートだから飼《か》えないんだ」

「いっしょだよ。おれんちはアパートじゃないけど、ボロ屋だからな。犬を飼いたいなんてとても言えやしないよ」

「いっしょかぁ」

みょうなところで、友行と意気投合してしまった。

友行がサブの耳をちょいとつまんだ。なされるがままのサブ。

「どうせ飼《か》うなら大型犬《おおがたけん》だな。おれはコリーがいいな」

「じゃあ、ぼくはプードル。トイプーじゃなくて大きいほう」

「セントバーナードって知ってるか」

「うん。アニメとかによく出てるやつだ」

「それにしよう! 庭にでっかい犬小屋を建《た》てて、毎日いっぱい遊ぶんだ」

「はぁ、飼いたいよなぁ」

ぼくがため息をつくと、

「よし、信太朗、元気出せ」

友行ははげますように言った。

「おれがビッグになったら犬を二匹《ひき》飼うよ。信太朗の分も飼ってやるから楽しみにしとけ」

あっ、そうだった。友行は大きくなりたいんだ。

「残念《ざんねん》だったたな。せっかくじいちゃんちに行ったのにすぐに薬草が見つからなくって」

「いいよ。ぜんぜん平気だよ」

「何か見つかったら教えるよ。じいちゃん、さがしておくって言ってたじゃないか」

「いいなあ、信太朗のじいちゃんは元気で」

「へっ？」

「あっ、うん。うちにもいるんだけどな、じいちゃん」

友行は両手を合わせてほっぺたに当てると、顔をかたむけて目をつぶった。

なんだよ、そのジェスチャー。ねてるってことか？

「うちのじいちゃん、すっごい年とっててさ、それに病気なんだよ。母さんが世話してるんだけど、いろいろあるんだよな。父さんは仕事ばっかりだしさ」

「そっか。たいへんだな。犬どころじゃないってことか」

「そうだよ。信太朗の言うとおりだよ」

だから友行はいつもおばさんの手伝《てつだ》いをしているんだな。

学校の外で会う友行は、強がりを言う感じではなかった。どっちが本当の友行かと聞かれたら、たぶん、こっち。

「それよりおまえ、髪《かみ》がふさふさになる薬のこともじいちゃんに聞いたのか」

「うん、まあ。無理《むり》そうだったな」

「それ、先生に言ったほうがいいぞ」

「いやいや、悪いよ、そんなこと言ったら」

「じゃ、おれがかわりに言ってやろうか」

「ダメだよ。気にしているんだからさ。女子から何か言われたらかわいそうだよ」

「そうだな。平林先生って、おとなのくせになんでも正直に言うんだよな。苦手なこととか、できないこととかさ。今ごろ一輪車《いちりんしゃ》の練習なんか始めて、まあ、乗れるようになったからよかったけど、ちょっとダサいよな」

友行が立ち上がると、サブが起き上がってブルンと体をゆらす。散歩《さんぽ》の続《つづ》きをしようとぼくを上目使いで見てきた。

「ダサいなんて言うなよ」

友行は言わなくていいことまですぐに口に出してしまう。それがトラブルの元なんだ。

「けど、おれは先生のそういうとこ、けっこう気に入ってるんだ」

「ならいいけど」

「へへ。おれはさ、牛乳《ぎゅうにゅう》をいっぱい飲んで大きくなることにしたからいいんだ」

そう言って友行はエコバッグの中を見せてくれた。大きな肉のパックの下に、一リットルサイズの牛乳が二つ、でんっと入っていた。

「やっぱりおれ、早く大きくなりたいんだ」

それだけ言うと、友行は、さぁーっと自転車をこいで行ってしまった。

いつもは大きなことばっかり言っていばっているくせに、おかしなやつだな。早く大きくなりたいとか、お母さんを助けたいとか、本当はそう思っているんだ。学校じゃ強がってばかりいて、ちっともそんなところを見せないから、みんなは知らないんだ。

公園の中に入って、池のところまで行くと、アジサイの木に花がついているのを見つけた。まだ小さくて、ちぢこまった花びらが、ためらいがちに開き始めていた。

10 特殊能力《とくしゅのうりょく》

月曜日、平林《ひらばやし》先生は細長く丸めた模造紙《もぞうし》を持って教室に入ってきた。広げると大きな九九の表で、それを教室の側面《そくめん》の高いところに掲示《けいじ》した。

「なんで九九なんか」

「ぼくたち五年生だよ。いらないって」

「しかも手書きだよ。拡大《かくだい》コピーとかあるんじゃないの」

みんなの声に、

「拡大コピーは感熱紙《かんねつし》だから、そのうち日に焼《や》けて読めなくなりますからね。一年間もちませんよ」

先生はこたえた。

「えーっ、まさかずっと貼《は》っておくつもりなんですかぁ」

ちょっと笑《わら》う子もいた。

「そのつもりですけど」

先生はけろりと言った。

「公倍数と公約数《こうやくすう》あたりで、みんな、この表があると助かると思いますよ」

平林先生はいつもひと手間かけて授業《じゅぎょう》の準備《じゅんび》をしているようだ。算数の授業でよく使う電子黒板の画面は小さくて、黒板の半分くらいしかない。先生はわざわざその横に大きな手書きの数直線や位《くらい》の表を貼《は》ってくれる。ぼくは見やすくて助かっていた。

小数のわり算の勉強をしているときだった。

「さあ、九九の表の出番ですね。商《しょう》の見当をつけるときに、この表を見てください」

先生に言われて、表からこたえをさがすと、確《たし》かにわり算が速くできた。気をつけるのは小数点の位置《いち》だけだ。

「あー、九九の表、役に立つわぁ」

さつきが大きな声で言うと、

「うそだろ。いくら算数が苦手だからって、九九なんか簡単《かんたん》じゃないか」

となりの席《せき》の直樹《なおき》があきれたように言い返した。

「そうじゃないんだってば。この表があると本当にわり算が速くできるのよ」

さつきの様子を見て、先生もうれしそうだった。

四年生でわり算の筆算を習った。ここでぼくも算数が好《す》きでなくなった。わり算ってめんどくさい。九九の表を見てわり算の商《しょう》を見つけるなんて、正しいやり方なのかと聞かれたら、そうとは言えないけれど、九九を下から順《じゅん》に唱《とな》えているうちに、わり算がきらいになって小数のところまで行きつくのもむずかしい。ときどき表を見ながら練習問題を解《と》いている子はさつきだけじゃなかった。

「今まで、こまったことを言っていいよとか、何がわからないのって聞いてくれる先生はいたけど、それが言えるんならこまったりなんかしないのにって、ずっと不満《ふまん》だったのよ。算数が苦手としか言いようがないんだもん」

さつきって、苦手なことをはずかしがったり、かくしたりしないんだよな。

こまったことを言っていい。そう言われるのが一番こまるって、ぼくも知っている。

平林先生はぼくの目のことを知っていても、「こまったことを言ってくれ」なんて言い方はしなかった。それってある意味乱暴《らんぼう》な言い方なんだと思う。言わないからって、こまっていないわけじゃない。今までのぼくは、こんなこと言っていいのかなとか、どう言えばいいのかなとか、なやんでばかりで何も言えなかっただけなんだ。

掃除《そうじ》の時間のことだった。ぼくが担当《たんとう》の外掃除に行くと、平林先生も来ていた。この季節《きせつ》は草がのび始めるから、今のうちに根っこごとぬいておくのがかんじんだと、平林先生は長い柄《え》のついた草かきを持ってきて、勢《いきお》いよく地面をほり返す。

ぼくたちは小さな三角形の草かきで、地面をカリカリとつつきながら、取った草をバケツの中に入れていく。ぼくはちまちまとしたその作業がけっこう好《す》きだった。

作業の途中《とちゅう》で、友行《ともゆき》がカマキリのタマゴを発見した。アメみたいな色になったタマゴが一つ、ぽつんと残《のこ》っていた。

「へえー、よく見つけたなぁ」

「もう季節外《きせつはず》れだよ。他のはとっくにカマキリになってるんじゃないのか」

「そうだよ。今ごろタマゴのままってことは、生きてないよ」

みんなが口々に言うと、めずらしく言い返しもせず、友行はさみしそうに口を結《むす》んでいた。

「とりあえず教室に持っていってもいいですよ」

平林先生が声をかけた。

「ふかするかもしれません。見られるといいですね。カマキリの赤ちゃん」

「本当？　本当に見られる？」

友行の顔がほころんだ。

「ええ、運がよければですけどね」

先生の言葉に、友行はタマゴのついた枝《えだ》をしんちょうに折《お》っていた。

「生まれるといいね」

郁人《いくと》が友行のとなりにならんでいる。

「うん。そしたら教室でカマキリを飼《か》おう。一人前になるまでおれがめんどうみるからな」

「手伝《てつだ》うよ」

「おう」

もう掃除《そうじ》どころではなくなって、友行はカマキリのタマゴを宝物《たからもの》のように大事に教室に持ち帰っていった。

そのあと、友行は先生に相談して理科室に飼育箱《しいくばこ》を借《か》りに行った。ロッカーの上に置《お》き場所《ばしょ》を確保《かくほ》すると、カマキリのタマゴを中に入れて、心配そうにながめている。みんなも代わる代わるのぞいていた。

友行ときたら、

「がんばれ。出てこい。出てこい。待ってるぞ」

大まじめにカマキリのタマゴに話しかけていた。

数日たって、学校に行くと、飼育箱を取りかこんで、みんながわぁわぁとさわいでいた。カマキリの子どもが生まれたのだ。のぞいて見ると、小さなカマキリが、うじゃうじゃと動き回っている。

友行は草を入れて、水が飲めるようにしめらせた綿《わた》も入れた。エサはアブラムシらしくて、郁人や直樹がつき合っていっしょにさがしに行った。郁人は「ここで武士《ぶし》の情《なさ》けを返すんだ」と、毎日のようにアブラムシをとってきた。友行に席《せき》を替《か》わってもらったとき、二人はそんなことを話していたし、一輪車《いちりんしゃ》の練習を手伝《てつだ》ってもらったこともある。友行に借《か》りを返すためだなんて言いながら、郁人は楽しそうだ。

そのうち、カマキリの赤ちゃんは脱皮《だっぴ》した。友行はうれしさをかくしきれない様子で草を取《と》り換《か》えている。飼育箱《しいくばこ》の中で順調《じゅんちょう》に育っているようだ。でも、ほとんどいつも草の間にもぐりこんでいたから、みんなは不満《ふまん》そうだった。

「見たいのにさぁ、どこにいるかわかんないよ」

「保護色《ほごしょく》だね」

「別《べつ》に草なんか入れる必要《ひつよう》ないんじゃない？　カマキリは草を食べないでしょ」

さつきが言うと、

「いやいや、ねるとこだよ。ねるとこ」

友行がいばって言い返す。

みんなは草のすきまに入りこんだカマキリを見つけられないと言ったけれど、ぼくはすぐに見つけることができた。

「ほら、ここ。あっ、ここにもいるよ」

ぼくが指さすと、カマキリがもぞもぞと動きだす。

「信太朗《しんたろう》、すげー」

「よくこんなの見分けられるよな」

みんなから、こんなことでおどろかれるなんて意外だった。

「なんでわかるんだよ。どれも同じみどり色なのに」

直樹が感心して、ぼくの顔をのぞいてきた。

「カマキリの体の色と草の色って同じじゃないのか」

郁人に聞かれて、

「うん。ぜんぜんちがうよ。草は日向《ひなた》で見るのとちがって、飼育箱《しいくばこ》の中だと、ちょっと暗い感じだし、ぱさぱさしてるじゃないか。カマキリは生まれたてだから、ぴちぴちしているし、つやがあって明るいんだ」

ぼくはこたえた。

「うー、お手上げだぁ。くやしいけど信太朗にはかなわないよ」

さっきからじいっと飼育箱をにらんでいた友行が、目をしばしばさせていた。

本当にぼくにしか見えないのか、自分でも不思議《ふしぎ》でたまらなかった。他の人より見える色の数が少なくて、なやんでいたはずなのに、今日のぼくはそうじゃなかった。カマキリと草は同じ色じゃない。そのちがいをぼくの目は見分けることができる。

「ほう、特殊能力《とくしゅのうりょく》ですね」

平林先生まで話に加《くわ》わってきた。

「信太朗くんにしかできないことですよ。こんな人に出会ったのはぼくも初《はじ》めてです。信太朗くんはふだんからものをよく見ているんでしょうね。だから、形や質感《しつかん》、色の濃淡《のうたん》や明るさのちがいがよくわかるようになったのでしょう」

特殊能力。そんなほめ言葉は今まで聞いたことがなかった。ぼくの見ている世界も悪いことばかりじゃないんだ。平林先生の何気ない言葉がぼくの心を温かくした。

「それに、ほら、信太朗くんって、絵もじょうずよね」

さつきが後ろの掲示板《けいじばん》を指さした。そこには、四月に描《か》いた春の花だんの絵が貼《は》ってあった。

「細かいところまでよく描けているよ。ねぇ」

浩美《ひろみ》にも言われて、くすぐったい気持ちになった。

作品に貼られた先生の評《ひょう》を読むと、「プリムラの葉っぱのちりちりとした感じやガーベラのつんとした花びらなど、細かい形をよく見てかいていますす」と書かれている。

「こういうところで修業《しゅぎょう》を積《つ》んでいるから、カマキリだって見えるんじゃない？」

「納得《なっとく》！」

さつきの言葉に、友行が大きな声でこたえた。

そうだよ。ぼくだって納得だ。

ぼくは絵を描《か》くことに劣等感《れっとうかん》をもっていて、なんとかして折《お》り合《あ》いをつけようとしてきた。色ぬりが苦手だから、鉛筆《えんぴつ》のスケッチをできるだけていねいに描くようにして、その上にうすい絵の具でさらりと色をつける。そのやり方は正解《せいかい》だったのかな。


週末《しゅうまつ》は雨だと天気予報《てんきよほう》で言っていた。土曜日の夜おそくまでふり続《つづ》いた雨があがって、日曜日は晴れた。カーテンのすきまから、太陽の光が差《さ》しこんでいる。父さんも母さんも仕事があるらしく、朝早くから、パタパタと支度《したく》をしていた。

よし、まずはサブだ。

ぼくは飛《と》び起《お》きて、和美《かずみ》おばちゃんちに向かった。

ここのところ雨が続いていたから、すっかりたいくつしていたらしく、ぼくの顔を見るなり、サブはしっぽをぶんぶんとふった。

「散歩《さんぽ》に行くよ」

リードをつけようとすると、うれしすぎてじっとしていないサブ。こんなやんちゃなサブはめずらしくて、ぼくまで気がはやる。

待て待て。じっとしてて。

「信ちゃんのこと、待ちくたびれていたのよ」

おばちゃんに言われて、ぼくはますますはりきった。

「行ってきまーす！」

ぼくらは走った。晴れた空はまぶしくて、朝の町は雨で洗《あら》われたようにみずみずしい。澄《す》んだ空気を思いきり吸《す》いこむと、特別《とくべつ》な何かに出会える予感がした。

はねるように水たまりを飛《と》びこえるサブ。ツーンとリードが引っぱられた。サブが勢《いきお》いよく走りだして、ぼくはあせった。あやうくリードを離《はな》しそうになって、ハイテンションのサブをたしなめた。

「ダメだよ。ぼくについてきて」

そうは言ったけれど、サブにつられてぼくも走った。サブは走る。走る。本当にうれしくってたまらないんだ。公園の入り口まで来ると、機関車《きかんしゃ》に太陽の光が当たって、チカチカと光っていた。その上を鳥が群《む》れになって飛んでいく。

公園の中に入ると、サブはようやく落ち着いた。

池のところまでやってきたとき、ぼくは思わず目を見張《みは》った。生まれたての若葉《わかば》。枝《えだ》や葉がゆれるたびに、お日さまが透《す》けて、まぶしい。葉の先から雨つぶが滴《しただ》る。キラリと光って落ちる。

ぼくは立ち止まり、言葉を失《うしな》って、ただドキドキする胸《むね》をおさえた。そのとき、ぼくには見えたんだ。木々の一本一本、葉っぱの一枚一枚《いちまいいちまい》。一つとして同じものじゃなかった。ケヤキもシダレヤナギも、クチナシもムクゲも、思い思いのかたちに葉をのばしている。アジサイの花も、すくっと顔を上げていた。

こんな景色《けしき》を、ぼくは今までに見たことがなかったのだろうか。もちろん、ここには何度も来ていたはずなのに、池に映《うつ》った空も、水面《みなも》を渡《わた》る風も、初《はじ》めて見たような気がした。まるで雨上がりの魔法《まほう》じゃないか。

平林先生に言われた特殊能力《とくしゅのうりょく》という言葉が胸にうかんだ。

信太朗、すげー。よくこんなの見分けられるよな。

くやしいけど信太朗にはかなわないよ。

教室でみんなに言われた言葉がまだ耳に残《のこ》っていて、ぼくの胸の中でおどっているみたいだ。

世界が変《か》わった？

いや、そうじゃない。もっと簡単《かんたん》なことだ。世界はこんなにも美しかったのに、今までのぼくが知らずにいただけだ。見ようとさえしなかったんだ。目の前に広がる、やさしくてやわらかな世界。ぼくが目を開けばいつでも見ることができたはずなのに……。

本当にあるのかもしれない。神さまがプレゼントしてくれた、ぼくだけの色が。

ぼくの中で何かが目を覚《さ》ました瞬間《しゅんかん》だった。

アパートに着くと、ちょうど母さんが階段《かいだん》を下りてきた。

「今日は早番だから六時には帰れるわ。父さんは新しいイベントの打ち合わせがあるからおそくなるって」

そう言って急ぎ足で仕事に出かけていった。

テーブルの上に置《お》かれていた目玉焼《めだまや》きとサラダを見て、朝食をまだ食べていなかったことを思いだした。パンをトースターに入れて、フォークをつかんだ。

あれっ、あれっ？

なんだろう、このそわそわした感じは。

みょうに落ち着かない。

ああ、そうだ。さっき公園で見た池のまわりの景色《けしき》が忘《わす》れられないのだ。

ぼくはウズウズした。描《か》いてみたい。

描《か》きたくてたまらない。

描くことができるんだろうか、ぼくに。

特殊能力《とくしゅのうりょく》。それがどういうものか試《ため》したい。さっきぼくが見た景色《けしき》を、見たとおりに画用紙に描き写してみようと思った。

大急ぎで朝食を片《かた》づけると、テーブルの上に絵の具セットを広げた。確《たし》かスケッチブックもどこかにあったはず。リビングの本だなをさがすと、おとぎ話の本はもうなくなっていて、母さんの好《す》きな雑誌《ざっし》ばかりがならんでいた。

あっ、この本、まだあったんだ。

母さんが描いた『ララをさがしに』の絵本は残《のこ》っていた。そのとなりに、「おえかきちょう」と書かれたB《ビー》4サイズのスケッチブックを見つけた。ぼくがヒーローショーの父さんを描いた絵もそのままだ。

さあ、どこから描こうか。

図工の時間みたいに、鉛筆《えんぴつ》できっちり下描きをするいつものやり方じゃなくて、画用紙にいきなり絵の具をのせてみようと思った。さっき見た公園の風景《ふうけい》。雨上がりの光。他の人にはどう見えてもいいんだ。ぼくにはぼくの色がある。それを描くんだから。

絵の具箱から思いつくまま絵の具を取りだして、パレットにしぼりだした。まずは筆先を水でぬらして、そっとなぞってみる。水の量《りょう》を少しずつ変《か》えながら、画用紙に色を置《お》いた。濃《こ》さが変わると色の感じもガラリと変わる。そこにほんの少し別《べつ》の色をたらす。

まるで理科室で実験《じっけん》でもしている気分だ。絵の具は、ぼくの筆先を離《はな》れると、にじんだり、重なったり……。自由自在《じゆうじざい》に動き始める。ゆれて、光って、さざめいて、画用紙はぼくの思いでいっぱいになる。気ままに、自由に、ちょっとでたらめに、好《す》きなように描《か》く。

なんて気持ちがいいんだろう。ぼくは今までこんなふうに絵の具を混《ま》ぜて色を作ることが楽しいなんて思ったことがなかった。

今朝、ぼくには光が見えた。それをどう表現《ひょうげん》したらいいか迷《まよ》った。ぼくはなんの技法《ぎほう》も知らないから、心のままに筆を動かすだけだ。

一枚《まい》描き終わると、画用紙を切り取って床《ゆか》に置いた。

まだだ。まだまだ、こんなもんじゃない。

二枚、三枚……。

スケッチブックの画用紙がなくなるまで、ぼくは描《か》き続《つづ》けた。せまいリビングの床が、ぼくの絵で埋《う》めつくされた。もう劣等感《れっとうかん》なんか忘《わす》れてしまいそうだった。どのくらい時間がたったのだろう。画用紙は最後《さいご》の一枚《まい》になっていた。ぼくは、えいっと、思いきり筆を走らせて、大《だい》満足《まんぞく》だ。

11

宝石箱《ほうせきばこ》の中のヒミツ

ふいに、ガチャッとドアを開ける音がした。

「キャッ。信《しん》ちゃん、どうしたの」

母さんが帰ってきた。ぼくはすっかり時間を忘《わす》れていた。夕方になっていたことにぜんぜん気づいてなかった。

「びっくり、びっくり。すごいよ。これ！」

母さんはぼくの描《か》いた絵を一枚一枚《いちまいいちまい》手に取った。

「信ちゃんが描いたの、これ？」

「うん。そうだけど」

「この色！　筆使いもおもしろいわ。よくこんなふうに描けたわねぇ」

母さんがこんなにおどろくなんて予想外だ。感心してながめている母さんに、今朝のことを話した。

「行こう。まだお店開いてるから」

そう言って、画材店《がざいてん》に連《つ》れていってくれた。母さんが色覚障《しきかくしょう》がいのぼくを気にしていたこともあって、今までそのお店には一度も行ったことがなかった。

ここが母さんの職場《しょくば》なんだ。

母さんは、入り口近くの文房具《ぶんぼうぐ》売り場を通りこして、奥《おく》の画材コーナーに向かった。ぼくもあとからついていった。油絵、日本画、水彩画《すいさいが》、アクリル画、パステルや色鉛筆《いろえんぴつ》、画材といってもさまざまな種類《しゅるい》がある。

カラーインクのボトルがならべられたたなの前で、ぼくは足を止めた。

「うわぁ。色っていったいいくつあるんだ」

ボトルの一つひとつに色の名前が書いてある。一番に目についたのは〝エメラルドグリーン〟。南の国の海みたいだ。となりにある〝コバルトグリーン〟はそれより少しこくて、深い海の底《そこ》を想像《そうぞう》させた。〝ビリジアン〟は湖みたいな色。〝ピーコックグリーン〟は、保育園《ほいくえん》で飼《か》っていたくじゃくの羽みたい。〝オリーブグリーン〟はアスパラガスの色と似《に》ている。

その場所はまるで宝《たから》の山。見ているだけで心がおどる。色を見てこんなにうきうきするなんて、生まれて初《はじ》めてだ。

〝パーシモン〟。不思議《ふしぎ》な色だ。じいちゃんちで食べた柿《かき》の実はこんなだったかも。これも見たことがある。〝シナモン〟だ。ばあちゃんの作る草木染《くさきぞ》めみたいだ。ニッケイという木の皮を使っていると言っていたっけ。〝ターコイズブルー〟。母さんがこんなネックレスを身に着けていたことがある。ぼくはそのボトルを手に取った。

「ねぇ、覚《おぼ》えてる？」

「あら、なつかしい。三人で旅行に行ったとき、茂明《しげあき》さんが記念《きねん》に買ってくれたネックレスと同じ色だわ」

「きれいだね」

「ええ」

「あっ、これ、ばあちゃんのよもぎだんごだ」

ぼくが〝モスグリーン〟を見つけると、

「じゃあ、ポテトだんごはこれかしら」

母さんは〝マスタードイエロー〟を指さした。その近くに、〝カナリアイエロー〟がある。似《に》た色だけれど、見比《みくら》べるとびみょうにちがっていて、おもしろい。

「カナリアって鳥の名前だよね。ひまわりみたいだ」

「ええ。それならタンポポはこの色かしら」

母さんが言ったのは〝レモンイエロー〟だ。

二人で夢中《むちゅう》になって言い合っていると、

「楽しそうだね」

店長さんに声をかけられた。

「息子《むすこ》が絵を描《か》き始《はじ》めたんですよ。もう、うれしくって」

その人と目が合ったから、ぼくは、ぺこんと会釈《えしゃく》した。

「雅美《まさみ》ちゃんには学生のころからこの店に来てもらってるんでね。絵の具が高くてなかなか買えないって言ってたころからね」

「ああ、思いだしちゃった。だからここでバイトさせてもらって、全部絵の具代に使って、それでまたお金が足りなくなって、バイトして。信ちゃんが生まれたあとに、とうとう正社員にしてもらって、結局《けっきょく》ずっとここで働《はたら》かせてもらってるのよね」

「信太朗《しんたろう》くん？　だったよね。何年生？」

「五年生です」

「そうか、そうか。あのときの子が、もうこんなに大きくなったんだね。ゆっくり選《えら》んでくださいな」

「そうだった。信ちゃんの絵の具を買いに来たんだったわ。カラーインクもすてきだけど、今日は水彩《すいさい》絵の具ね」

母さんはぼくに透明水彩《とうめいすいさい》という絵の具を買ってくれると言った。

水彩絵の具には透明と不透明《ふとうめい》があるんだって。どちらも原料《げんりょう》は同じだけれど、今までぼくが学校で使っていたのは不透明のほうだ。厚《あつ》めにぬって下の色をおおいかくしたり、上に色を重ねたりすることもできるから、小学生には使いやすい絵の具らしい。

「透明水彩は、名前のとおり、透明感が出せる絵の具なのよ。下の色が透《す》けて見えるから、にじみやぼかしがきれいにできるの。まずは初心者《しょしんしゃ》向けの十二色セットね」

そう言いながら、母さんは「特大《とくだい》」と書いてある大きな箱をたなから出して、ぼくの手にのせた。ずしっと重くておどろいた。その重さが手から心にまで伝《つた》わってくる。ぼくは絵の具の箱をしっかりとかかえて母さんについていった。

次は筆だ。ケースの中には、つんつんと上向きにたくさんの筆が立ててある。太さや形、用途《ようと》に分かれて、ずらりとならんでいた。

「わぁ、いっぱいある。どうやって選《えら》ぶの？」

「水彩用の筆ね。ナイロン製《せい》は弾力《だんりょく》があるけど、やっぱり動物の毛のほうが水をよくふくむわね」

画家が使う本格的《ほんかくてき》な筆だ。母さんは太さのちがう丸筆を三本選んだ。

「平筆もあると便利《べんり》よ。面もぬれるし、ほら、こうして横にしたら細い線も描《か》けるのよ」

母さんは一本の筆を手に取ると、店員さんっぽく説明《せつめい》してくれた。筆の根元がぺちゃんこにつぶしてあって、前から見ると平たいけれど、横にすると細くうすくなっている。一本でいろいろな使い方ができそうだ。大と小の二本を買うことにした。

水彩画専用《すいさいがせんよう》の紙も買ってもらった。幅《はば》一メートルをこえる大きなロール状《じょう》の紙だ。店内の作業台にのせると、母さんは慣《な》れた手つきでハサミを当て、長方形に切った。それを手際《てぎわ》よくデザインボードに貼《は》りつけた。これで立てかけて描くことができる。

「思いきってF《エフ》50号にしたわよ。ぎりぎり車にのせられる大きさかな」

「わっ、こんなに大きいの？」

「このくらい描けるわよ。思ったとおりにのびのびと描いてちょうだい」

F50号というのは、長いほうの辺が一メートル十六センチ、短いほうの辺は九十センチくらいある。さわってみると、水彩画用の画用紙は、ざらりとしていた。ぼくは何度も表面をなでた。

母さんがぼくにそろえてくれた絵の具も、筆も、画用紙も、ボードも、今までに買ってもらったどんなものより価値《かち》があるように思えた。この絵の具を使って、ぼくは自由自在《じゆうじざい》に色を作ることができる。そう思ったら、うれしさがぐんぐんとふくらんだ。おこづかいを貯《た》めてゲームソフトを買ったときの百倍くらいだ。

「そうだわ、実家にイーゼルもあったはずだわ。取りに行きましょう」

母さんは店を出ると、じいちゃんちへ車を走らせた。

「ああ、なんか楽しくなってきちゃった。まさかこんな日がくるなんてね」

ハンドルをにぎった母さんは、ぼくのとなりでハミングしている。

「信ちゃんと絵の具を買いに行くなんて、夢《ゆめ》にも思わなかったわ」

「ぼくもだよ。母さんがこんなに喜《よろこ》ぶなんてびっくりだよ」

「信ちゃんくらいのときにね、絵画教室に通っていたの。初《はじ》めてキャンバスに絵を描《か》いたのは中学生のころだったわ。ああ、これだぁって手ごたえを感じたのよね。あのときのどきどきした感じ、すっかり忘《わす》れていたかも」

「で、今、思いだしたの？」

「ええ。思いだしたわよ。やりたいことはいろいろあったけど、子どものころから絵を描くことが一番好《す》きだったわ」

じいちゃんちに着くと、

「ただいまぁ。おじゃまします」

母さんは立ち止まりもせず、すぐに屋根裏部屋《やねうらべや》に向かった。ぼくもついていった。

入り口近くの本箱とかべのすき間に埋《う》まるようにして、大小のイーゼルが置《お》いてある。母さんが大きいほうを引《ひ》っ張《ぱ》りだすと、キャスターがごろごろと重たい音を立てた。母さんのイーゼルは、古い油絵の具がこびりついてテカテカしていた。

「ああ、なつかしい」

手でほこりを払《はら》っている。

「信ちゃんがアパートで使うなら、小さいほうでいいわね」

ぼくに手渡《てわた》してくれたのは、折《お》りたたみ式《しき》のイーゼルで、肩《かた》かけカバンの中に納《おさ》まってい

た。出してみると、軽くてきれいだ。

「それを持ってよくスケッチに行ったわ」

母さんは足元の木の箱を見ると、ふたを開けた。

すると、ぷうんと強いにおいがした。この部屋に初《はじ》めて入ったときから、気になっていたにおいだ。ぼくはどこでこのにおいをかいだのだろう。

「ああ、油のにおいだわ」

母さんは言った。

「油絵の具を溶《と》くのに使うのよ」

持ち上げてみると、ラベルの取れかかったガラスびんの中で、とろりとした液体《えきたい》がたぷんとゆれた。

あれはこの油のにおいだったのか。

箱の中にはチューブに入った絵の具がぎっしりとならんでいた。木製《もくせい》のパレットも、ナイフや筆も。

しばらくながめると、

「まるでタイムカプセルね」

母さんは箱の中身を手に取ることなく、またふたをしようとした。ぼくもガラスびんをもどした。

「昔のまんまよ。そのまましまってあるの。いつか雅美がまた使うと思って」

ばあちゃんが、ぼくたちの後ろから声をかけてきた。その声を聞いて、

「この絵の具まだ使えるのかしら」

母さんはなごりおしそうに、油絵の具を一つつまみ上げると、力を入れてねじった。

「ダメそうね。カチカチになってて、ふたが開けられないわ」

「貸《か》して」

ぼくもトライした。

指でチューブをおしてみると、本体はやわらかくて、中の絵の具は使えそうだ。でもふたはかたかった。古い絵の具が口元にかたまって、くっついているんだ。ぼくは指先にうーんと力

を入れた。

「こんなとこで何やってるんだい。絵の具を開けるなら、ほら、貸してみなさい」

じいちゃんも様子を見に来ていた。近くにあった道具箱からペンチを取りだすと、チューブのふたをはさんで、ぎゅっとひねった。

「どうだ」

開いた！

母さんは手渡《てわた》された絵の具を見ておどろいていた。

「本当ね。十年もたつのに、ぜんぜんかわいてない。使えるわ」

「ほらな。いつだって大丈夫《だいじょうぶ》さ。ここにあるのは雅美の絵の具だ」

「うん」

母さんは大きくうなずくと、絵の具をそっと箱にもどした。

「いつか。またいつかね」

母さんの絵の具箱はまだしばらく屋根裏部屋《やねうらべや》に置《お》き去《ざ》りらしい。

出番はいつくるのかな。母さんの絵の具箱。

「あのとき、信ちゃんをおんぶして絵を描《か》いていたの」

ああ、そうか。油のにおいは母さんの背中《せなか》でかいだにおいなんだ。ぼくの遠い記憶《きおく》。

油のにおいと、母さんの髪《かみ》がほっぺたに当たってくすぐったかったことを、かすかに覚《おぼ》えている気がした。

「だけど、ちっともねてくれなくて、ギャン泣《な》き。コンクールも近づいているし、イライラしてたらね、ばあちゃんにしかられちゃったの。自分で選《えら》んで母親になったのに、子どもをじゃまに思うなんて、それじゃ絵を描《か》く意味がない！　って」

「あらま。そうだったかしら」

ばあちゃんがきまり悪そうに、ほほほと笑《わら》っている。

「母親になるってそういうことだったんだ。そういう覚悟《かくご》がいることだったんだって、頭をガツン！　となぐられた気がしたわ。あれから十年もたつのよね。絵を描くことをやめて、絵の道具も封印《ふういん》して、信ちゃんの母ひとすじ」

母さんは「ひとすじ」のところを強調した。

前にもそんなふうに言っていたし、和美《かずみ》おばちゃんにも言われていたっけ。

「ええ、ええ。雅美はひとすじでよくがんばってきたわ。えらいわよ」

ばあちゃんは、母さんのことをねぎらっていた。

「母親になったんだから、完璧《かんぺき》な母親でいなくっちゃ。絵だって、ただの趣味《しゅみ》になんかしたくなかったの。中途半端《ちゅうとはんぱ》に描くぐらいだったら、きっぱりやめたほうがいいって思ったのよね」

「だから信ちゃんにすべてのエネルギーを注いできたってことね？」

「ばあちゃんの言うとおりだわ」

ぼくはキャンバスの山に目を落とした。

うわぁ、すべてをぼくにかぁ……。

すさまじい数のキャンバス。大きいのは、今日ぼくが買ってもらったF《エフ》50号の倍くらいある。そこに向けられていた情熱《じょうねつ》を母さんは全部ぼくのために使っていたのか。いつだったか、和美おばちゃんに「雅美は信ちゃんが世界のすべて」と言われたとき、ぼくは母さんの世界が小さすぎると思ったけれど、そうじゃなかった。

母さんの世界はここにあるたくさんの絵のように、濃《こ》くて、重たい。

ふと、あの宝石箱《ほうせきばこ》のことが気になった。目でさがすと、前と同じように、たなの上にぽんと置《お》いたままになっている。取りに行こうかなと思っていると、

「せっかく来たんだから、ご飯《はん》を食べていきなさい」

じいちゃんに言われて、ぼくは急にお腹《なか》がすいてきた。朝ごはん以来《いらい》、何も食べていなかったからだ。

「ちょうどいいわ。今日、茂明さんは仕事だから、夕飯もいらないって言ってたし」

「おいおい、マイホームもいいけど、ちょっと働《はたら》きすぎなんじゃないか」

「そうでもないわよ。楽しそうにヒーローショーに出ているわ。だけどね、家を建《た》てることが私《わたし》を幸せにすることだって、思いこんでるみたいなのよ」

ぼくは、ばあちゃんの料理《りょうり》の手伝《てつだ》いをしようと、先に下りていった。

もうお腹《なか》がすいてたおれそうだよ。

母さんとじいちゃんが屋根裏部屋《やねうらべや》に残《のこ》って、話をしている間に、ぼくはばあちゃんを手伝って大急ぎで夕食の準備《じゅんび》をした。特製《とくせい》のチーズ入りハンバーグとクレソンのサラダ。

四人で食卓《しょくたく》をかこんだ。

「そういえば、信太朗、この間いっしょに来た子、元気にやっとるか」

「あっ、友行《ともゆき》だね。元気すぎてクラスのみんながこまっているよ」

「まぁ、たのもしいこと。早く大きくなりたいなんて、かわいらしいこと言ってたわね」

「ああ、けどな、他人から見たらなんでもないことでも、本人にとっては重大だからな。人それぞれになやみがあるんだ。なんとかしてやりたいもんだが」

じいちゃんは友行に相談されたことをずっと考えているらしい。

「すまんけど、例《れい》の薬はまだ見つかってないんだ。うまく言っておいてくれよ」

「わかった」

「そのかわり、いつでも遊びに来いと伝《つた》えてくれよ」

「うん。言っておくよ」

「私《わたし》もですよ。ハーブティをプレゼントするわ。あの子がおうちで飲めるようにとっておきのブレンドを考えるわね」

ばあちゃんも楽しそうだ。

「信太朗も大きくなったな。友達《ともだち》といい話をしていたじゃないか。大したもんだ」

あっ、色覚障《しきかくしょう》がいのことを打ち明けて、友行が謝《あやま》ってくれたときのことか。じいちゃんはそんなふうに思って聞いていたんだ。

「ねぇ、友行ってだれ？」

母さんに聞かれて、ぼくとじいちゃんとばあちゃんは、顔を見合わせてふふふと笑《わら》った。

「友達だよ。この間、いっしょに来たんだ」

「そうなんだ」

母さんは知らなかったと言って、不満《ふまん》そうだった。

「大きくなるってそういうことよ。母親の知らないことがふえていくってことよ」

ばあちゃんはとっておきのティーカップを出すと、ローズヒップのお茶をいれてくれた。酸《さん》味《み》のあるスキッとした味だった。

イーゼルを車にのせて家に向かった。

「ねぇ、母さん」

助手席《じょしゅせき》に座《すわ》って、母さんに聞いてみた。

「ぼく見たんだ。じいちゃんちの屋根裏部屋《やねうらべや》の宝石箱《ほうせきばこ》。中に地図が入っててさ、バルセロナ・エル・プラット空港のところにマルがつけてあったんだよ。ばあちゃんに聞いたら、母さんがいつか話してくれるって言ってたんだけど」

「あら、信ちゃん、見たのね」

「ごめん、勝手に見ちゃって」

「ふふふ。いいのよ」

ハンドルをにぎる母さんの横顔を対向車のライトが照《て》らした。

「私《わたし》が美術系《びじゅつけい》の大学に通っていたのは前に話したよね。その学校で出会ったのが、茂明さん。でもね、事情《じじょう》があって学校は途中《とちゅう》でやめることになっちゃったのよ」

「事情？」

「ええ。大学を休学してね、二人でスペインに絵の修業《しゅぎょう》に行こうって約束《やくそく》してたの。私は画材《がざい》店《てん》、茂明さんはスペイン料理《りょうり》のお店でバイトしてお金を貯《た》めていたの。行き先の美術学校を決めたり、住むところを相談したりして……。十九のころよ。あのころが人生で一番楽しかったかも」

母さんはなつかしむように言った。

「結局《けっきょく》、かなわなかったけど、あのわくわくと夢《ゆめ》みる気持ち。何ものにもかえられないわ」

「どうして行かなかったの？」

「うん。まあ、おしまい。ちゃん、ちゃん！　って感じかな」

茶化した言い方をしたのは、本当に言いにくいことだから。そんなふうに思って、少し待ってみることにした。じいちゃんちを離《はな》れ、山道から町に続《つづ》く道路に出た。車はすべるように走って交差点《こうさてん》の信号《しんごう》で止まった。

「ねぇ」

「ほら、よくパエリアとか作ってくれるでしょ。スペインの料理《りょうり》なのよ」

「うん。知ってる」

「私《わたし》は行けなくなっちゃったけど、茂明さんには一人でも行ってほしかったから……」

「一人って？　母さんも行きたかったんじゃないの？」

「……行きたかったなぁ、スペイン」

ひとりごとのように言ったきり、母さんはすっかりだまりこんでしまった。まっすぐに前を見て、運転に集中しようとしている。

あっという間に家に着いて、話は尻切《しりき》れトンボになりそうだった。母さんがアパートの駐車《ちゅうしゃ》場《じょう》に車を停《と》めるのを待って、もう一度だけ聞いてみた。

「スペインに行かなかった理由だよ」

「とうとう話すときがきたか」

母さんは明るい声で言ったけれど、どことなく無理《むり》をしているような感じがした。

「お腹《なか》にね、信ちゃんがいたのよ」

うわっ、ぼくは足元がぐらりとした。

「私《わたし》にとって一番大切なものが夢《ゆめ》じゃなくてお腹にいる信ちゃんに変《か》わったの。だからその大切なものを守ることにしたのよ」

母さんはシートベルトを外した。

「でも茂明さんには夢が一番のままでいてほしかったの。信ちゃんのことはないしょにしておくつもりだったわ。子どもを産《う》んだら、しばらくは働《はたら》けないから、じいちゃんちでお世話になるでしょ。そしたら茂明さんはどうするんだろう。結婚《けっこん》したら、絵を描《か》くのもやめてしまうかもしれない。私や子どもの生活のために働く茂明さんを見るのはつらいだろうな。そんなの見たくないなって。信ちゃんのお父さんがスペインで絵を描いてるってことが、私にとっては一つの希望《きぼう》。そう思ったの。だから言わないでおこうって決心して、私の夢は宝石箱《ほうせきばこ》の中に閉《と》じこめることにしたの」

母さんはそんなふうに思うんだ。

「子どもを産《う》んで育てるって人生のビッグイベントよ。他のことは何も考えられなくて、もう必死《ひっし》だった。みんなに心配かけちゃったしね」

じいちゃんもばあちゃんもおどろいたにちがいない。母さんからスペインに絵の修業《しゅぎょう》に行くと聞いていたのに、それをやめて、一人でぼくを産むなんて言われたんだから。

いつだったかな。そんなときもありましたねぇと、ばあちゃんたちが言っていた。このことだったのか。のんきそうに聞こえたけれど、きっとまわりの人たちだってたいへんな思いをしたんだろうな。ぼくが生まれるとき。

「みんなを説得《せっとく》したつもりだったんだけど、和美姉ちゃんがね、おせっかいしたの。生まれてきた信ちゃんの顔を見て、大号泣《だいごうきゅう》してね、知らせなきゃダメだよって言いだしたの。私《わたし》は母になれたからそれでいいと言ったのに、和美姉ちゃんったら、スペインにいる茂明さんに連絡《れんらく》しちゃったの」

おばちゃんはなんで泣《な》いたんだろう。ぼくが父親のいない子どもになることをかわいそうに思ったのだろうか。それとも、父さんや母さんにそんな理由で別《わか》れちゃいけないと言いたかったのかもしれない。

「おせっかいなんかじゃないよ。和美おばちゃんが教えなかったら、ぼくは父さんに会えなかったかもしれないんだ」

「茂明さんったら、大あわてで帰ってきたのよ」

「それで結婚《けっこん》した？」

「ええ。知らなかったにしろ、一人で背負《せお》わせてすまなかったと言ってね、スペインの美術《びじゅつ》学校も、大学もやめて工場で働《はたら》くことになったの。たいして迷《まよ》いもせずに、知り合いの紹介《しょうかい》でその仕事に就《つ》いたのよ。もっと他にしたい仕事だってあったんでしょうけど……」

えっ、今の話はおしまい。ちゃん、ちゃん！　なんてわけにはいかないよ。

ぼくはもっと母さんに聞きたいことがあるような気がした。それなのに、うまく言葉にできなかった。

母さんは母さんで、そのころのことを思いだしていたのだろうか。

それからしばらく、ぼくと母さんは車から降《お》りなかった。

12 つかまえろ

家に荷物を運びこむと、まずはリビングの真ん中にイーゼルを置《お》いた。じいちゃんちから持ち帰ったイーゼルは、母さんが小さいほうって言っていたけれど、広げてみるとずいぶんと立《りっ》派《ぱ》なものだった。そこに画用紙を貼《は》りつけたF《エフ》50号サイズのボードをのせた。お店で見たときより、さらに大きく見えて、リビングがせまく感じられる。

ボードの前に立つと、すっかり画家になった気分だ。まっさらなボード。うれしすぎて何も言えなくなった。

時計を見ると、もう十時近かった。

「ねぇ、今からちょっとだけ、描《か》いてもいい？」

ねなさいと言われるだろうなと思ったのに、母さんはさっさとお風《ふ》呂《ろ》に向かった。

よし！

ぼくはもう描くことしか頭になかった。

こんなに大きな絵は今までに描《か》いたことがなかった。挑戦《ちょうせん》だ。新しい画用紙に色を置《お》くのはさすがにきんちょうする。ふり積《つ》もった雪の上に初《はじ》めて足あとをつけるみたいだ。絵の具も筆も全部新品だ。

ぼくはパレットで絵の具を溶《と》くと、おっかなびっくり筆のあとをつけた。

キラッ。

大丈夫《だいじょうぶ》。このまま進んでいける。

ぼくの心の中にある風景《ふうけい》は消えることなく、まっさらな紙の上に広がっていく。なんとしてもこの絵を仕上げたい。

ボードを縦《たて》にするか横にするか、なかなか決められなくてなやみになやんだ。

そのうちに、ソファーでちょっと一休み。長い一日だった。

気がついたら朝になっていた。毛布《もうふ》をかけてくれたのはおそくに帰ってきた父さんらしい。

「父さんにも事情《じじょう》は話してあるから」

母さんは出かける支度《したく》をしながら、冷蔵庫《れいぞうこ》にあれもこれもあるから、お腹《なか》がすいたら食べなさいと言った。

今日は月曜日だ。学校に行かなくちゃと思っていると、

「カゼってことでいいわね？」

母さんがスマホを手に、ぼくに聞いた。

へっ、休んでもいいんだ？　本当に？　そんなことを許可《きょか》してくれるなんて、信《しん》じられないよ。

平林《ひらばやし》先生の顔がちらりとうかんだ。でも、今のぼくは絵のほうを優先《ゆうせん》させたかった。今日一日この場所で絵を描《か》いていてもいいなんて夢《ゆめ》のような話だ。

「ありがとう。恩《おん》に着ます。やっぱり、やっぱり母さんだぁ！　ぼくの救世主《きゅうせいしゅ》だぁ」

「言いすぎよ」

シャワーも朝食も大急ぎですませると、ぼくはまたボードの前に立った。

「じゃ、気のすむまでどうぞ」

そんな言葉を残《のこ》して、母さんは身支度《みじたく》を整えた。仕事に行こうと、玄関《げんかん》でくつをはきかけた母さんは、何を思ったのか、部屋にもどってきた。

「貸《か》して」

昨日《きのう》買った丸筆の太いのを手に取ると、水につけ、パレットの上で筆先をおさえて、水の量《りょう》を加減《かげん》している。

「こうして、ほら。筆に水をふくませて色をぬくのよ」

母さんがくれた一度きりのアドバイスだった。

かわいた絵の具の上を、たっぷりと水をふくませた筆でなぞると、絵の具が取れて下の紙が見える。すると、まるで手品のように光が現《あらわ》れた。

おおっ。

こんな技《わざ》があったとは!

「母さん、ありがとう。やってみるよ」

ぼくは筆を受け取った。

次から次へと光が生まれ、新しい色が生まれた。

水滴《すいてき》も光も画用紙の上でおどっているみたいだ。にじんだところも、水がたれたところも、思いがけない色や形が現れて、はっとする。

まさに自分さがし。新しい自分がボードの上に顔を出して、ぼくをわくわくさせた。

父さんが起きてきて、ぼくの後ろからのぞきこんだ。

「よし。新居《しんきょ》にはアトリエも作ろう」

ぽんと手をたたくと、

「うんと広くするよ。信太朗《しんたろう》も描《か》くんだからな」

はずんだ声で言った。

「アトリエにはこのくらいの大きい絵が楽に置《お》けるようにしなくちゃな。母さんがまた絵を描くと言いだしたら、Ｆ《エフ》１００号もありだからな。よーし、がんばるぞぉ。信太朗、楽しみにしててくれよ」

父さんは、ぼくが絵を描《か》き始《はじ》めたのを、自分のことのように喜《よろこ》んでいた。

「信太朗には見えたんだろ」

「えっ」

「自分の色が」

「うん。見えた。見えたんだよ。父さん」

「そうか、そうか。そういうのって、一生のうちに何度もあることじゃないからな。つかまえろよ」

父さんはにかっと笑《わら》った。

つかまえろ。

父さんの言葉は、まっすぐにぼくの胸《むね》に飛《と》びこんできた。

今つかまえないと、流れていってしまう。明日には消えてしまうかもしれない。ぼくはあせりにも似《に》た心持ちで、筆をぐっとにぎっていた。

つかまえたい。

みんなと同じじゃない、ぼくの色を見つけたんだから。

ゴッホもきっとつかまえたんだ。

げんかんを出ようとする父さんの背中《せなか》に、ぼくは一つ、聞いてみた。

「父さん、絵はもう描《か》かないの？」

「ああ、結婚《けっこん》するときに、すっぱりやめたからな」

ドアノブに手をかけて、ふり返った父さんにはなんの迷《まよ》いもないようだった。

「でも、母さんはいつかきっと絵を描くと思うよ。そのときは応援《おうえん》してやりたいんだ」

父さんは小さく笑《わら》って、外に出ていった。

じいちゃんやばあちゃんも同じこと言っていたっけ。いつかまた母さんが使うからって、絵の道具が屋根裏部屋《やねうらべや》にそのまま置《お》いてあったんだ。


父さんが仕事に出かけて、一人になると、昨夜《ゆうべ》、車の中で母さんが話してくれたことを、ゆっくりゆっくり考えてみた。夢《ゆめ》を宝石箱《ほうせきばこ》の中に閉《と》じこめたという母さん。

それってどういう気持ちなんだろう。

ぼくがいなかったら、母さんはスペインに行ってたんだよな。父さんと二人、本当に画家になっていたかもしれない。少なくとも画材店《がざいてん》や工場で働《はたら》かなくて、絵を描く仕事に就《つ》いていたんじゃないかな。

ぼくは少しだけ、母さんにすまない気持ちになっていた。

聞かなければよかったとは思わない。けれども、聞いてしまった以上《いじょう》、今までのぼくと母さんじゃなくなってしまうんじゃないかって、不安《ふあん》にもなる。

ぼくは今、何かが変《か》わっていくのを感じていた。信ちゃんのために……。そう言って、母さんが一生懸命《いっしょうけんめい》になればなるほど、ぼくは母さんから逃《に》げだしたいような気持ちになった。でもそんなことはできなくて、いい子でいようと、いつも少しだけ無理《むり》をしてきた。変わることができるのならそのほうがいい。

ぼくは絵に向き合った。と同時に母さんとも、自分自身とも向き合った。

池のまわりの景色《けしき》を思いうかべてみる。まずは昨夜《ゆうべ》あたりをつけたところに、実際《じっさい》の植物を描《か》くことを考えた。

上からたれ下がるシダレヤナギの葉は、風が吹《ふ》くたびに、ひらひらとひるがえって、表と裏《うら》を見せる。葉の裏側《うらがわ》に日光が当たると、キラリとはね返って、光の粉《こな》をあたりにふりまいているようだった。

ぼくの目線の高さには背《せ》の低《ひく》い木がいくつか植えてあった。その中からぼくは選《えら》んで、アジサイの花を画面の下のほうに描くことにした。まるいかたちのアジサイの葉や葉脈《ようみゃく》はあとから細い筆でていねいに描《か》き加《くわ》えるつもりだ。花の色はまだ決めてないけれど、すてきなアジサイを描《か》こうと思った。

左横からつきだすのは大きなケヤキの枝《えだ》。

力強くて、ああ、生きてるって感じだ。

中央に池。その奥《おく》に空も見える。遠くまで広がる空だ。ボードを縦《たて》に置《お》いて正解《せいかい》だった。

木々に宿る光と水面《みなも》を渡《わた》る風まで、ぼくは描きたいと思った。

公園の池のほとりの景色《けしき》を切り取って、この画用紙の上にのせる。そんなことじゃない。ぼくはぼくの心にある風景《ふうけい》を、どうしても描いてみたかった。

むずかしい。けど楽しい。楽しくってたまらない。こんなふうにはなやいだ気持ち、今まで知らなかった。苦手だったはずの「色」に、ぼくはもうすっかり夢中《むちゅう》だった。

午後おそくに、母さんが用意していってくれたお昼ご飯《はん》を食べると、ぼくはソファーに横になって、そのままねむってしまったようだ。絵を描くのって、ものすごいエネルギーがいることなんだ。

「信ちゃん、起きて」

帰ってきた母さんにゆり起こされた。

「今夜は自分のベッドでねなさいよ」

と言われた。

「うん。わかった」

「明日、学校どうする？」

母さんに聞かれておどろいた。

「えっ、ふつうはさ、明日は学校に行くでしょって言うところだよ」

「あら、信ちゃんが自分で決めればいいと思って」

「じゃ、お言葉にあまえて、もう一日」

「いいわよ。こういうときは気がすむまでやったほうがいいんだから」

母さんはけろりと笑《わら》っていた。

今日の母さんは、ぼくの意思をちゃんと聞いてくれる。今までこんなふうに感じたことは一度もない。

悪くないかも。うん。悪くないぞ、こんな母さんとぼく。

夕飯《ゆうはん》のあと、三人でお茶を飲んでいると、

「相談っていうか重大発表があるんだ」

父さんがちょっとあらたまって言った。

「今日、一日考えていたんだけど、いや、今日だけじゃなくて、ずっと前から……」

「転職《てんしょく》のことでしょ」

母さんは予測《よそく》していたみたいで、どこからでもどうぞって顔で、父さんに向き直った。重大発表ってことは、もう決めていることなんだなと、ぼくは思った。

「あのな、前に話してたイベントプランナーの話、あれ、受けてみようかと思ってるんだ」

すると、母さんは、

「やっと決心がついたのね。いつ決めるんだろってやきもきしてたんだから。工場の仕事と遊園地、二足のわらじだもの。もう仕切り直したっていいんじゃないの」

ずいぶん前から待っていたみたいだ。

「うん。だから吉永電機《よしながでんき》は辞《や》めるよ。いいかなぁ。収入《しゅうにゅう》が減《へ》るからさ、マイホームがもうちょい先になっちゃうけど。信太朗も、アトリエと犬はしばらく待ってくれ」

父さんはすまなそうに言った。

ああ、そうなっちゃうんだ。ぼくは犬を飼《か》う約束《やくそく》をすっごく楽しみにしていたから、少し残《ざん》念《ねん》な気がした。

「今朝まで、アトリエを作るなんて大きなことを言っていたくせに、すまん」

「いいわよ。そんなの」

母さんは余裕《よゆう》たっぷりにこたえた。

「うん。仕方ない。おばちゃんちに行けばいつでもサブに会える。それにアトリエだって今すぐでなくてていいよ」

ぼくと母さんの反応《はんのう》に、父さんもほっとした様子だった。

「信太朗がさ、楽しそうに絵を描《か》き始《はじ》めたのを見たら、昔の気持ちを取りもどしたっていうか、ぼくも何かしたいなって、いても立ってもいられない感じになっちゃって。おかしいだろ。今までくすぶっていたものがはっきり見えてきて、急に現実《げんじつ》のものになったんだよな。今日一日、じりじりして過《す》ごしてたんだ」

「ねぇ、父さん、イベントプランナーって何をするの？」

「ヒーローショーに出るほうじゃなくて、企画《きかく》するほうなんだ」

「へぇー、そうなんだ」

「おもしろそうだろ。久《ひさ》しぶりにわくわくしているよ」

「迷《まよ》ったら、わくわくするほうに行くんだって、あなたいつも言ってたものね。スペイン行きを決めるときだって、そう言ってたのよ。覚《おぼ》えてる？」

「そうだった。忘《わす》れるところだったよ」

父さんはカップを手に取って、お茶を飲《の》み干《ほ》した。

「父さん、帰ってきたんでしょ。スペインから。ビューンって空を飛《と》んで」

「あっ、信太朗はその話を聞いちゃったのか」

「まあね」

「スペイン。今でもあこがれの国なんだ。いつかまた住んでみたいと思っているよ」

「なのに学校もやめて、夢《ゆめ》もあきらめてさ、母さんと結婚《けっこん》したんだよね」

「うーん、あきらめたわけじゃないんだ。後悔《こうかい》もしてない。そのときは一番大事なものをつかまえなきゃならなくて」

「それって私《わたし》のことでしょ？」

母さんったらヒトミの中にハートマークをうかべたような顔をしていた。いつかのヒーローショーのときと同じだ。

父さんは照《て》れているのか、だまったままだった。

「父さん、カッコいいよ。ワンダーランドのヒーローみたい。ううん、本物のヒーローだよ。我《わ》が家《や》の」

ぼくはここぞとばかりにほめたたえた。

「なんだよ」

「この間、工場見学に行って思ったんだ。父さんは毎日ぼくらのためにこんなふうに仕事をしているんだなって。じぃんときちゃったよ」

「そうかぁ」

父さんは何か言ってくれと、母さんのほうを見た。母さんは、ふふふんと笑《わら》っているばかりだ。

「えへへ、じいんときちゃったは言いすぎだけど」

伝《つた》えたほうがいいですよって、平林先生が言ってたんだ。

「そうね。信ちゃんの言うとおり、ヒーローだわ。それとね、あなたは何も悪くなんかないのに、私《わたし》にえんりょしてたでしょ？　マイホーム、マイホームって、まるでとらわれてるみたいだった」

「ああ、信太朗が生まれたとき、スペインにいた自分が許《ゆる》せなくてさ、きみは一人でどんな思いをしたんだろう。どうやって罪《つみ》ほろぼしをすればいいんだろうって、ずっと考えてたんだ。だからマイホームを建《た》てたらきみと対等になれるっていうか、父親の役目を果《は》たせるのかなって。毎日働《はたら》くことしかできなくってさ」

「わかってたわよ」

「そっか。わかってたんだな」

「うん。だから、今日で無罪放免《むざいほうめん》！」

母さんの声ははずんでいた。

「イベントプランナーに期待してるわ。楽しんでよね」

「ありがとう」

やさしい空気が流れた。父さんがどうしてがむしゃらに働《はたら》いていたのか、それが「罪《つみ》ほろぼし」だったなんて。家の中の主導権《しゅどうけん》を母さんがにぎっているように思えたのも、父さんが母さんに引け目を感じているように見えたのも、すべてのこたえがつながっていった。父さんを長いこと縛《しば》っていたものが、するすると解《ほど》けていく。

13

これがぼくのララだ！

火曜日、ぼくは早起きをして、外に出た。

公園に行って確《たし》かめたくなったからだ。サブのことも気になったけれど、おばちゃんはまだねているだろうから、さすがに連《つ》れに行くことはできなかった。みんなが動きだす前の午前五時。ときどきすれちがうのはジョギングをする人たちだった。朝の空気を胸《むね》いっぱいに吸《す》いこみながら、ぼくは急いだ。

おととい来たときは雨上がりだった。今朝はまた少し様子が変《か》わっている。

夜明けの空。風のにおい。

太陽が昇《のぼ》ると、木々が色めく。

学校の書写の時間に、「墨《すみ》の声が聞こえるかもしれません」と、原《はら》先生が言っていたことを思いだした。ぼくは今、目の前にあるすべてのものの声に耳をすませた。

木の肌《はだ》に触《ふ》れると、ケヤキはガシッとかたかった。皮のはがれたところが、まだらもようになっている。アジサイの茎《くき》はみずみずしくするりとすべる。それぞれの葉の形も葉脈《ようみゃく》も、ぼくは手に取って見た。池のほとりの木々を、空を、風や光を、ぼくはこの目に焼《や》きつけた。

よし、これなら描《か》けそうだ。

納得《なっとく》して、家にもどった。

結局《けっきょく》、日曜日に公園に行ってから、月、火、水。ぼくの絵はリビングを占領《せんりょう》し続《つづ》けた。絵に夢中《むちゅう》になって、ぼくは学校に行くのを忘《わす》れてしまった。そんな言い方がぴったりだった。都合のいいことに、ぼくが学校を休むことを父さんも母さんもとがめなかった。

水曜日に、母さんが仕事から帰ってきたとき、ぼくの絵はほぼ完成《かんせい》していた。

全体には若葉《わかば》の季節《きせつ》の光や風を意識《いしき》して、やさしい雰囲気《ふんいき》に仕上がってきた。アジサイの花は七変化《しちへんげ》。自由気ままにぼくの心にある色で描いたから、うんと楽しい感じになった。手前の部分にはかげを描きたかった。画面の左側《ひだりがわ》に、ケヤキの木の幹《みき》を力強く描いた。乾《かわ》いた木肌《きはだ》の感触《かんしょく》がくっきりとわかるように、水をひかえた濃《こ》い絵の具で、ぐっ、ぐっとおしつけるように色をのせた。すると、全体がきりっと引きしまってきて、ぼくは満足《まんぞく》した。

ゴッホの糸杉《いとすぎ》を思いながら描いたけれど、ぼくのケヤキは「死」でも「絶望《ぜつぼう》」でもなく、生きているうれしさや強さなんだ。

筆を手に、少し離《はな》れたところからボードをながめて仕上げをしていると、

「すてき！　信《しん》ちゃんは神さまに選《えら》ばれたのね」

母さんは言った。

「この絵を見て、心の底《そこ》から救《すく》われたわ」

と。

母さんはぼくのことをなんでも知りたがるし、心配ばかりする。おまけに二年生の夏休みに眼科《がんか》に行ってからは、かわいそうだと思っているようだった。ぼくはぼくで、そんな母さんのことが気づまりで、きゅうくつで、なんとなく距離《きょり》を取っていた。ぼくの描《か》いた絵が母さんの救いになったのなら、こんないいことはないと思った。

ぼくは見つけたんだと思う。

「ね、母さん、これってララだよね」

「ララ？　その言葉を聞くのは何年ぶりかしら」

「あの絵本に出てくる主人公のレイラって母さんのことだよね」

「ええ、そうよ。わかっちゃった？」

「やっぱり。それで、母さんはララを見つけたの？」

すぐには返事をしない母さん。

「見つけられなかったの？」

レイラの旅は母さん自身の旅だったはずなのに、ラストでママにすり替《か》わって終わってしまったんだ。

待ちきれなくて、ぼくは聞いた。

「母さんのララは絵を描《か》くことだったんだよね？　画家になりたかったんでしょ？　ぼくの母さんになる前に」

「そうよ。でも今は画材店《がざいてん》の店員が精《せい》いっぱいかな」

「ぼくのせいでその夢《ゆめ》をあきらめて封印《ふういん》しちゃったの？　ぼくが背中《せなか》で泣《な》いたから？」

「えっ、ちがうわよ」

何を言ってるのって、母さんは言った。

「確《たし》かに信ちゃんをおんぶして絵を描くのは無理《むり》だったわ。じたばたしても仕方ないってわかったのよね。茂明《しげあき》さんもすぐに帰ってきちゃったし、私《わたし》もスペインには行かなかったけど、二人で信ちゃんのこと、大事に大事に育ててきたの。あきらめたんじゃないわ。幸せだったもの」

母さんがそう思うならよかった。

「今になって思えば、信ちゃんの母になることが私にとってはララだったの。信ちゃんの母ひとすじになって、一生懸命《いっしょうけんめい》に生きてきたんだもの。特別《とくべつ》なことじゃないけど、私にしかできないこと。そういう自分をほこりに思ってるの」

母さんのララは信ちゃん。やっぱりそう言うと思った。あのころも、絵本を読むたびにいつも言ってたんだ。まるで自分自身に言い聞かせているみたいに、何度も何度も。

おととい、父さんがイベントプランナーになると宣言《せんげん》したことを、母さんはとても喜《よろこ》んでいたけれど、本当はどことなく置《お》いてきぼりにされたように感じているんじゃないかと、ぼくは思っていた。

さっきから、母さんはぼくの絵をじっと見つめたままだ。

「信ちゃんのララかぁ」

「うん」

「この絵を見ていると、素直《すなお》な気持ちを取りもどせる気がする」

母さんの口から、ほろっと言葉がこぼれた。

「デッサンとか技法《ぎほう》とか何もわかってないけど、ううん、わかってないから描《か》けるのね。今の信ちゃんにしか描けない絵だもの」

しみじみとした口調で、母さんは言った。

「この絵を見て気がついたわ。今までね、私《わたし》は自分で自分にのろいをかけていたんじゃないかって」

「のろい？」

それは思いもよらない母さんの告白《こくはく》だった。

「そう。のろいとしか言いようがないわ。母なんだからがまんしなくっちゃ。母なんだからきちんとしなくっちゃって、ずっと思ってて、苦しかった」

母さんがぼくの絵を見て、のろいだなんて言いだしたから、ぼくはちょっとたじろいでしまった。でも、それって今までの母さんとぼくにぴったりな言葉だと思った。宝石箱《ほうせきばこ》の中に閉《と》じこめていた母さんの思いが、やっと外の世界に出てきたみたいだ。

「何にする？　この絵の題名」

「もう決めてあるんだ。みどりのララだよ」

それがいいと、母さんは何度もうなずいてくれた。

みどりのララ。

今ぼくの心の真ん中にある、一番大切なものだ。


そのとき、部屋のすぐ下で自転車のベルの音がした。

だれだ？　近所の子が悪ふざけして鳴らしているのかな。

窓《まど》から外を見ると、

「よっ！」

友行《ともゆき》だ。駐車場《ちゅうしゃじょう》のライトの下で、自転車を引いて立っていた。

チリン、チリン。

ぼくを見上げて、にやにやしながら、またベルを鳴らす。

「今、下りていくから待ってて」

大急ぎで階段《かいだん》をかけ下りた。

「なんだよ、元気そうじゃないか」

ぼくの顔を見るなり、友行はすぐに口を開いた。

「どうした？　三日も休んじゃって」

「あー、ズル休みだよ」

「やるなぁ、信太朗《しんたろう》のくせに」

友行はうらやましそうにぼくを見た。

くせにって、なんだよ。あいかわらず口が悪いなぁ。そういう言い方しかできないから、みんなに誤解《ごかい》されるんだぞ。

「もしかして、ぼくのこと、心配して来てくれた？」

友行はちょっと笑《わら》っただけで、そうだよとは言わなかった。まあ、言うわけないか。

「おつかいの途中《とちゅう》でさ、通りかかったから」

そう言ったけれど、自転車のカゴは空っぽだ。

友行はぼくの絵を見たらどんな反応《はんのう》をするのかな。なんて言うんだろう。

「なぁ、寄《よ》っていかないか？　見せたいものがあるんだ」

思いきってさそってみた。

「へぇ、なんだよ。見せたいものって」

「うん、ちょっとな」

友行は少しの間、考えているみたいだった。

「また今度にするよ。おれ、今日は信太朗の顔を見に来ただけだからさ」

そう言って、自転車にまたがった。

「じいちゃんがまた遊びに来いって」

「おっ、行く行く」

「薬草はまだ見つからないけど、ばあちゃんがさ、友行にハーブティをプレゼントしたいって言ってたぞ」

「そっか。ありがとな」

友行は素直《すなお》にうなずいた。

「ぼくも、ありがとう」

「おう」

友行の自転車は商店街《しょうてんがい》と反対の方向に帰っていった。

自転車が見えなくなって、ぼくが家にもどろうとすると、タッ、タッ、タッと足音が聞こえてきた。ちょうどのタイミングで父さんが帰ってきたようだ。いつものようにリュックをしょって、手にはエコバッグを提《さ》げていた。

「お帰り」

「だれか来てたのか？」

「うん。友達《ともだち》」

そうこたえてから、ぼくははっとした。ついこの間も、母さんの前で言ったんだ。友達って。

ほんの少し前まで友行のことがあんなにいやだったのに、今は友達なんだ。

「母さんから連絡《れんらく》が来てさ、肉を買ってきてくれっていうから」

父さんは提げていたエコバッグを見せた。

「今夜は焼《や》き肉《にく》だって言ってたぞ」

「本当？」

「完成《かんせい》したんだろ、信太朗の絵」

「うん。できたよ」

「お祝《いわ》いだよ。焼《や》き肉《にく》パーティだ」

「やったぁ！」

イエイ！　父さんとノリよくハイタッチした。

部屋に上がると、母さんがテーブルの上にホットプレートを出していた。

ぼくの絵の前で、父さんは声をあげた。

「おお！」

拍手《はくしゅ》までしてくれた。

「いいじゃないか、信太朗」

ぼくはほこらしい気持ちになって、

「つかまえたんだ」

自信《じしん》たっぷりに報告《ほうこく》した。

「ああ、のびやかな絵だ。この色使い、最高《さいこう》だよ。とてもまねできないな」

父さんに色をほめられて、ぼくは達成感《たっせいかん》に包《つつ》まれた。

「信太朗がこんな世界を描《か》くなんてな。手前のかげの部分がぴりっと効《き》いているし、空が遠くまで続《つづ》いている感じも出ている。光る風まで描こうとしたんだな。一生懸命《いっしょうけんめい》に描いたことがわかるよ」

父さんはぼくの絵をすみからすみまでながめている。

「この絵のタイトル、みどりのララっていうんだ」

「おっ、いいな。信太朗もついにララを見つけたか」

そう言うと、父さんは本だなをさぐった。

「ああ、これだ。これだ」

それは母さんが描いた『ララをさがしに』だった。絵本が残《のこ》っているのは知っていたけれど、中を見るのは何年ぶりだろう。

「わっ、なつかしい」

父さんといっしょにページをめくると、ララをさがして歩くレイラがいた。

ダンスをする女の子、高い山に挑戦《ちょうせん》する登山家、新しいぼうしをかぶったおばあさん、拍手《はくしゅ》をあびる手品師《てじなし》、情熱的《じょうねつてき》なトランペット吹《ふ》きの青年……、ふきげんな小説家《しょうせつか》も、レイラをだきしめるママも、絵本の中の人たちは何一つ変《か》わらないでそこにいた。

「なんかさぁ、このトランペット吹きの男の人、父さんに似《に》てない？」

「おいおい、そうかなぁ」

二人で話していると、母さんがのぞきこんできた。

「当たり！　信ちゃんすごい。大正解《だいせいかい》よ」

「本当に？」

確《たし》かに似《に》ている。目鼻立ちというよりは全体の雰囲気《ふんいき》。トランペットをかまえる気取った横顔なんか、そっくりだ。ぼくはもう笑《わら》いをがまんするのが精《せい》いっぱいだ。

「だって茂明さんをモデルにして描《か》いたんだもん。似てなきゃおかしいわよ。っていうか、今ごろ気づいたのね」

「この本を何度も見てたのにな。へえ、これはぼくだったのかぁ」

父さんはすっかり感心している。そのとき、ぼくは不満《ふまん》に思っていたことを言ってみたくなった。

「この話って最後《さいご》がもやもやするんだよね」

「ああ、そうだよな。本当にこのラストがめでたし、めでたしなのか？」

父さんもそう思っていたんだ。

「そうだよ。『ママのララはレイラよ』で終わっちゃって。それだけかって、肩透《かたす》かしをくらったみたいでさ、いきなりおしまい。ちゃん、ちゃん、ちゃん！　なんて雑《ざつ》だよ。人のことばっかり描《か》いてあってさ、レイラのララはなんだろうって、ずっと気になってたんだ。もっと続《つづ》きがあってもいい気がする」

「雑《ざつ》かぁ。厳《きび》しいなぁ」

「かんじんのこたえが描いてないんだもん。知りたいよ」

「それはそうかもしれないけど、この絵本を描いているとき、私《わたし》にだって正解《せいかい》はわからなかったのよ」

なんだ。やっぱりそうか。それであんな終わり方だったんだ。こたえを描かなかったんじゃなくて、描けなかったのか。

「絵本の中でぼくはトランペット吹《ふ》きだったんだよな。だったら、雅美《まさみ》はさ、レイラだったり、ママだったり、もしかして小説家《しょうせつか》のじいさんだったり……、そういうことだろ？　一生懸《いっしょうけん》命《めい》に自分さがしをしていたんだもんな」

父さんは、言葉を選《えら》ぶようにゆっくりと言った。

「ええ、そうかもしれない」

「描いてみたらどうなんだ。続編《ぞくへん》を」

「続編？」

「そうさ、雅美はもう一度レイラにもどってみたらいいんじゃないか」

母さんの顔つきが変《か》わった。いつものやさしい感じでもなく、ぼくのことをむきになって話すときの感じでもなくて、ただ、するんとした顔だ。

「もう一度？　レイラに？」

不安《ふあん》そうに父さんを見た。

「……できるかしら、そんなこと」

「できるよ。できるに決まっているさ」

父さんはスパッと言いきった。

「うーん、そうかしら」

「そうだよ」

「あのラストはね、私《わたし》の決意表明のつもりだったの。信ちゃんの母ひとすじで生きていくって。だから旅はもうおしまいにしようって決めたの。さっき信ちゃんと話してて、のろいだなんておかしなことを言っちゃったけど……」

「もういいんだよな？」

「うん。もういい。描《か》いてみるね、続編《ぞくへん》。やってみる」

母さんが新しい母さんになっていく。これから楽しいことが始まるのはまちがいない。

「あのね、母さん」

今まで言えなかったことを、この際《さい》だから全部母さんに伝《つた》えたいと思った。

「まだぼくのこと、『かわいそうな信ちゃん』だと思ってる？」

「えっ」

「目のことだよ」

母さんはおどろいてぼくの顔を見た。

「眼科《がんか》に行ったとき、『かわいそうな信ちゃん』って言ってたじゃないか。あの言葉がずっと引っかかってるんだ。今もそう思っているのかなぁって」

「ああ、それね。前に和美姉ちゃんにも言われちゃった。かわいそうだなんて、信ちゃんに失《しっ》礼《れい》よって」

母さんはちょっとこまったように笑《わら》っていたけれど、

「もう心配することないよね。うん。今なら大丈夫《だいじょうぶ》。信ちゃんはかわいそうなんかじゃない」

はっきりと言ってくれた。

「それともう一つあるんだけど、『信ちゃんの母ひとすじ』っていうのも、そろそろ……」

母さんは、うんうんとうなずいた。

「そっか。そうよね。わかったわ」

「本当に？」

「ひとすじは今日で卒業《そつぎょう》する」

やった！

そのひと言を待ってたんだよ。

もうぼくはかわいそうな信ちゃんなんかじゃない。

晴れ晴れと心が解放《かいほう》されていく。

ぼくはつい立ち上がって、父さんに向けて両手をあげた。

パッチン！　またまたハイタッチだ。

「わはは。思いきって言ってみるもんだ。よかったな、信太朗」

父さんも上きげんだ。

母さんはキッチンにもどって、切った野菜《やさい》をトレイにのせた。

「ちょっとだけ、飲んじゃう？」

「いいな！」

母さんの声に、父さんがこたえて、グラスとビールを取りだした。ぼくは母さんから野菜ののったトレイを受け取って、テーブルに運んだ。タマネギ、キャベツ、ナス、ピーマン、カボチャ……。冷蔵庫《れいぞうこ》にあったのを全部取りだしたみたいだ。

「ぼくはジンジャエールで」

三人で乾杯《かんぱい》だ。

「信太朗の絵の完成《かんせい》を祝《いわ》って！」

カッチン！

最高《さいこう》だ。

父さんが肉のパックを開けた。

「スーパーの焼《や》き肉《にく》セットってやつを買ってきたんだ。カルビとロース。こだわりがなければこれでいいよな」

パックの中には二種類《しゅるい》の肉が入っていた。厚《あつ》めにカットされたカルビ。幅広《はばひろ》くうすくカットされているのがロースだ。脂身《あぶらみ》がきれいな網目《あみめ》になっている。

「ええ。ちょうどいいのを買ってきてくれたのね。ありがとう。じゃ、自分でのせて、好《す》きなタイミングで食べましょう」

母さんに言われて、ぼくはロースを一枚《まい》、菜《さい》ばしではさんでホットプレートの真ん中にのせてみた。しばらくすると、肉からしみだした脂《あぶら》が、ジュワッと音を立てた。よく見ると、肉のまわりでピチピチと小さな気泡《きほう》がはねている。いいにおいもする。

焼けてる。焼けてる。

ジュワジュワジュワ、ピチピチピチ……。

だいたい三十秒。そろそろいいかな。

見計らって、ひっくり返した。

「食べてもいい？」

母さんに確認《かくにん》してみた。

「大丈夫《だいじょうぶ》でしょ」

母さんはあっさりとした言い方をした。いちいちぼくの肉に手や口を出すつもりはないみたいだ。ぼくも確認《かくにん》するのは最初《さいしょ》の一枚《まい》だけにしておこうと思った。もう「ひとすじ」を卒業《そつぎょう》したんだから。

お皿に取って、タレをからめた。五年生にして、初《はじ》めて自分で焼《や》いた肉だ。

うまい！

続《つづ》けて、二枚、三枚と肉をのせた。

母さんに聞かなくてもわかるよ。

あの日、和美《かずみ》おばちゃんちのバーベキューで「生焼《なまや》け！」って言われて以来《いらい》、ぼくは焼き肉がトラウマになっていた。だから母さんに焼いてもらうしかないと思いこんでいた。今思えば、焼き肉なんかで、なんでそんなにきんちょうしてたのかなと、おかしくなる。肉が焼けたかどうか、色だけで判断《はんだん》するのはむずかしいけれど、こまることなんかない。自分のペースでゆっくりやったら大丈夫《だいじょうぶ》ってことがわかったんだ。

今日、ぼくは焼《や》き肉《にく》を克服《こくふく》した。なんてちっぽけな一歩だろう。

ぼくも新しいぼくになれる気がした。焼き肉だけじゃなくて、母さんの顔を見るくせもやめようと思った。母さんがぼくにどうしてほしいとか、何を言ってほしいとか、そんなことを考える必要《ひつよう》はないんだ。

ぼくは「みどりのララ」に目をやった。ぐーんと広がる空の向こうに、キラキラした何かが待っている。ぼくのララはたった今生まれたばかりだ。


木曜日、少し雨が降《ふ》っていたけれど、傘《かさ》をさすほどじゃなかった。パーカーのフードをかぶって、ぼくは走って学校に行った。教室に着くと、

「カゼはもう治《なお》ったんですか」

平林《ひらばやし》先生に聞かれた。

「はい。すっかり元気になりました！」

自分でもあきれるくらい大きな声でこたえると、みんなに注目されて、ちょっとはずかしくなった。

しばらくして雨があがると、空に日が差《さ》してきた。

「あっ、虹《にじ》だよ。虹！」

朝の会の途中《とちゅう》で、友行が言いだすと、

「おおっ、きれいだなぁ」

みんなは窓《まど》のそばに寄《よ》っていった。

「朝の虹は縁起《えんぎ》がいいんですよ」

先生もにこにこしている。

教室の窓から見える虹は今も五色だ。でも、ぼくの虹はそれでいいかも。

強がりなんかじゃない。

ぼくはシャンと胸《むね》を張《は》った。

志津栄子 しずえいこ
岐阜県在住。2022年、『雪の日にライオンを見に行く』にて、
第24回ちゅうでん児童文学賞大賞を受賞。

執筆に際し、取材で大変多くの方にお世話になりました。
この場を借りて感謝申し上げます。

［参考文献］
・『増補改訂版　色弱の子どもがわかる本』原案／カラーユニバーサルデザイン機構、
　コミック／福井若恵、監修／岡部正隆、かもがわ出版
・『エリックの赤・緑』著／Julie Anderson、絵／David López、訳／ごとうあさほ、
　学術研究出版
・『三色の虹』周広隷
・『増補改訂版　色弱の子を持つすべての人へ―20人にひとりの遺伝子』著／栗田正樹、
　監修／岡部正隆、北海道新聞社
・『色覚異常―色盲に対する誤解をなくすために』著／深見嘉一郎、金原出版

ぼくの色《いろ》、見《み》つけた！

講談社　文学の扉
2024年 5 月21日　第1刷発行
2024年10月29日　第3刷発行

作　志津栄子《しずえいこ》
絵　末山《まつやま》りん
装丁　アルビレオ
発行者　安永尚人
発行所　株式会社講談社
〒112-8001　東京都文京区音羽2-12-21
電話　編集 03-5395-3535
　　　販売 03-5395-3625
　　　業務 03-5395-3615

KODANSHA

印刷所　株式会社新藤慶昌堂
製本所　株式会社若林製本工場
本文データ制作　講談社デジタル製作

Printed in Japan　N.D.C.913　223p　20cm　ISBN978-4-06-535439-1